權錢對決
之 15
生死之間
姜遠方 著

目錄 CONTENTS

第一章

棋輸一著

楚歌辰冷笑說：「那還是你棋輸一著啊。
你沒想到的事，齊先生可是早就想到了。
他從被調職後，就一直懷疑這邊有人在幫你收集情報，
就讓我著手調查，結果讓我找到了周會長。」

傅華笑說：「那我寧願上輩子沒燒這個高香。好啦，沒事的話我要掛電話了，這種國際長途可是很貴的。」

「誒，別急嘛，人家正聊得高興呢，」冷子喬說：「怎麼，我剛才那麼說，讓你生氣了？」

傅華說：「我才沒那麼無聊，只是你沒事的話，就別浪費我的電話費了。」

冷子喬哼說：「誰說沒事了，我的事還沒說完呢。我想問問小瑾的情況，我很喜歡他，原本這兩天還想約你帶他出來玩呢，沒想到你卻跑去了美國。」

說起兒子，傅華的心就變得柔軟起來，說：「看來你們倆還挺投緣的，我出國前去看過他，他還問起過你呢。」

「真的嗎？」冷子喬驚喜的說：「他都問了我些什麼啊？」

傅華笑說：「他想跟你一起玩，還說想要你做他的女朋友，這樣你們就可以一起玩了。」

「這個小傢伙，」冷子喬寵溺地說：「還真是讓人疼啊，我現在真想抱著他好好親親他。誒，傅華，你說我如果去你前妻那裏看他，你前妻會不會把我趕出來啊？」

傅華說：「這我可不知道。你們女人的心理我可是一向拿不準的。」

冷子喬躍躍欲試地說：「要不我去試試？」

傅華有些緊張地說：「冷子喬，你開玩笑的吧？你以什麼名義去看他啊？」

冷子喬一副正經地樣子說：「我可沒有在開玩笑，我是真的很喜歡小瑾的。至於名義嗎，我是你的女朋友，你現在不在國內，我替你去照看一下兒子，不是一件再正常不過的事嗎？」

傅華不禁說道：「冷子喬，你是不是也入戲太深了點啊，你忘了我們是在假扮男女朋友嗎？」

冷子喬說：「我當然沒忘啦，不過暫時借這個名義去看看小瑾，對你也沒什麼妨礙啊？」

傅華有一種跟冷子喬纏夾不清的感覺，只好說：「好吧，冷子喬，你愛做什麼就去做什麼好了，我掛電話了。」

掛斷電話後，傅華在酒店吃了早餐，然後就去中國領事館，跟一位叫做胡景宣的人見了面。

胡景宣公開的身分是領事館的工作人員，但私下還有一個身分，就是安部長那個秘密部門派駐在紐約的特工。

傅華跟胡景宣見面，是事先跟安部長商量好的，目的是先瞭解一下楚歌辰和齊隆寶的妻女現在在洛杉磯的狀況，這樣傅華也好先有心理準備，免得過兩天去洛杉磯還什麼情況都不知道。

他從胡景宣那裏瞭解到，楚歌辰和齊隆寶的妻女這幾天跟以往並沒有什麼兩樣，這讓傅華有些意外，按說他既然告訴齊隆寶他要來美國，齊隆寶應該會知會楚歌辰和他的妻女一聲，讓他們有所防備才是，怎麼會一點異常都沒有呢？

傅華希望楚歌辰能有什麼反應，更好的狀況是因為他的到來而自亂陣腳，那樣他也許能趁亂查到更多的東西。

從胡景宣那裏出來，傅華回到酒店，給在洛杉磯的周安強打了個電話。

周安強接了電話說：「是傅先生啊，你的事黃董都跟我說了，你現在在哪裡啊？」

傅華說：「我現在在紐約，後天就會去洛杉磯。」

周安強說：「到時候我去機場接你，有什麼話我們見面說吧。」

結束通話後，傅華離開酒店，趁著最後待在紐約的時間去四處遊覽一番，包括聯合國總部、帝國大廈、百老匯等一些耳熟能詳的著名景點，直到晚上九點他逛累了，才回到酒店。

在房間裏，傅華打開旅行箱，準備把他今天買的紀念品裝進旅行箱時，卻不由得愣了一下，因為他發現旅行箱裏的東西不知道被什麼人動過了。

旅行箱裏裝的東西不多，也就是幾件換洗衣服和兩本書，並沒有少什麼，而傅華之所以發現東西被動過，是因為兩本書的上下位置變了，其中一本是這幾天他一直在看的，本來是放在另一本書的上面，現在這本書卻被放到了下面。

這幾天傅華一直保持著警覺，現在有人趁他不在的時候動他的東西，傅華高度懷疑動他東西的人是齊隆寶和楚歌辰的人。問題是，是誰告訴齊隆寶和楚歌辰他住在這間酒店的呢？

知道他住在這間酒店的人就那麼幾個，談紅是幫他訂房的人；再就是他跟胡景宣、周安強談話時說過，還有一個就是冷子喬的阿姨寧慧。

這幾個人裏面，談紅是不可能會出賣他的，而寧慧不過是臨時找來的，也沒有跟楚歌辰和齊隆寶有什麼交集，因此不可能是她把他住的地方洩露出去的；那剩下來的就是胡景宣和周安強了。

傅華的額頭冒起汗來，這時候他才警覺到原本以為十分萬全的準備，實際上根本不堪一擊，只要周安強或胡景宣當中的一個被齊隆寶給收買的話，他的行蹤就等於完全在對手的掌握之中。那麼他們想在洛杉磯對他有什麼不利的舉動，也是輕而易舉的。此刻楚歌辰也許早已經在洛杉磯挖好陷阱，等著他往裏跳呢。

這可怎麼辦啊？如果去的話，等著他的可能就是有去無回的悲慘下場；可是如果就此打道回府的話，一定會成為楚歌辰和齊隆寶的笑柄。

想來想去，傅華最終還是決定按照原定計劃前往洛杉磯，為了徹底剷除齊隆寶，只好去洛杉磯冒險一次啦。

第二天晚上，談紅在Jean Georges餐廳設宴為傅華送行，談紅介紹說Jean Georges是米其林三星餐廳，號稱是全紐約最好的法國餐廳，也是公認的時尚地標。最常到這裏用餐的有兩種人，一種是大明星；還有一種就是事業有成，懂得享受生活的人。

Jean Georges不愧是頂尖的法國餐廳，菜品水準一流，特別是魚子醬，搭配著法國出產的黑桃香檳，讓人有一種快融化了的感覺。

吃了一會兒後，傅華看了看談紅，說：「談紅，謝謝你這頓美味的晚餐，不過我明天就要去洛杉磯了，你是不是可以告訴我，你到底決定回不回國幫我打理金牛證券啊？」

談紅仍然沒有正面回答，笑笑說：「誒，傅華，你有點情調好不好，對著這麼美味的食物，不要談這些俗事，等我們吃完，我自然會給你一個答覆的。」又舉起酒杯，說：「來，為我們在紐約的相會乾杯。」

兩人就邊吃邊聊起來，席間，談紅顯得有些興奮，不時講著她在頂峰證券時跟傅華的往事，然後頻頻敬傅華酒，到結束用餐時，她已經有些微醺了。

從餐館出來，談紅陪傅華走回酒店，談紅依依不捨地說：「傅華，請我上去坐一下吧，關於回不回去幫你，我有些話要跟你說。」

傅華也沒什麼事，就請談紅進了房間。

看談紅頗有醉意，傅華忍不住說：「談紅，你今天晚上可是喝得有點多啊。你先坐吧，我倒杯水給你喝。」

「別忙了，傅華。」哪知談紅從後面一把拉住傅華的胳膊，不讓他走，接著另一隻胳膊攬住傅華的脖子，紅豔的嘴唇堵住傅華的嘴，開始瘋狂的吻起他來。

錯愕之下，傅華想要推開談紅，但是談紅的胳膊死死地箍住了他的脖子，不讓他有機會掙脫。

傅華看談紅神色黯然，心中不禁泛起憐愛之心，他知道談紅早就對他情愫暗生，於是不再推開談紅，順勢回吻她，兩人的舌頭相互糾纏著。

傅華的回吻讓談紅的動作越發地大膽，開始撕扯傅華的衣服，此時傅華也不禁意亂情迷，便不再有任何抗拒，抱起眼前曼妙的玉人，把她扔到床上，猛撲了上去，發起猛烈的攻勢。

當大戰停止，兩人喘息著癱軟在一起時，談紅開口說：「傅華，我想告訴你……」

傅華苦笑說：「好了，談紅，我知道你想說什麼，你想告訴我你要留在紐約，是吧？」

談紅嬌喘著說：「原來你都看出來了。」

傅華說：「是啊，從我們見面時我就看出你有些猶豫，但那時候我還無法確定你一定會拒絕我，但剛才你吻我的時候，我意識到你已經決定要拒絕我了。」

談紅抱歉地說：「是啊，實際上我一開始就不太想回去的，我更習慣於這邊的工作環境，美國人規則明確，只要你按照規則去做，別人就不會找你的麻煩；但是在國內，就完全不是這樣了，潛規則實在太多，我實在無力應付。」

傅華忍不住說：「既然你不願意回去，你可以早一點告訴我，我的個性你又不是不瞭解，我不會因為你拒絕而生氣的。」

談紅說：「我之所以沒有一開始就拒絕你，是因為那時我還有一些另外的想法。首先，我擔心你那個金牛證券是不是確實需要一個像我這樣的人去幫你撐住場面，你曾經幾次幫我度過難關，你如果有困難，我自然義不容辭要去幫你解決。」

傅華恍然大悟說：「所以你才會問我金牛證券有沒有什麼危機啊！」

談紅點點頭說：「是啊，可是你告訴我，金牛證券並沒有什麼急於解決的危機，這就讓我覺得沒有必要非得回去幫你了。不過那時候我還沒有下定決心拒絕你，因為我心中對你還存在著一絲幻想，幻想是不是可以利用這次機會，跟你有更進一步的發展，結果看到那個女孩子打電話給你……」

談紅看了一眼傅華，說：「那個女孩是你現在的女朋友吧？」

傅華搖搖頭說：「不是，她是一個長輩介紹給我的相親對象，很年輕，並不適合我的。」

談紅幽幽地說：「不管是不是，都讓我體認到一個事實，那就是雖然時間過去了這麼久，你卻什麼都沒改變，依舊是風流瀟灑，依舊有那麼多女孩子喜歡你，如果我回國幫你，就會成為你的屬下，以你的個性，肯定不會跟我談什麼辦公室戀愛的，那我還是沒機會得到你，所以我死心了，決定還是留在紐約吧。」

說到這裏，談紅又親了傅華的嘴唇一下，笑說：「其實我剛才是有點借酒壯膽的，想說就此一別，也許這輩子我們都難再見面了，如果不好好把握機會跟你瘋狂愛一次，恐怕就沒有機會了；幸好你沒拒絕我，也算是為我們的友情畫上一個完美的句號。」

談紅的話讓傅華有些感傷，但是他給不了談紅想要的東西，雖然兩人才歷經了美好的一刻，但那只是短暫的迷失，他跟談紅是不可能長相廝守的。

傅華抱緊了談紅，道歉說：「對不起啊，談紅。」

談紅灑脫地說：「傅華，對不起什麼啊，你已經給了我想要的，我已經很滿足了。」

當晚談紅就留在傅華的房間，第二天一早，送傅華上了去洛杉磯的飛機。

臨分手的時候，談紅再一次深情地擁抱傅華，在傅華的嘴唇上輕輕地留下吻痕，然後說：「再見了傅華，你不要再跟我聯絡了，從這一刻開始，我會把你給徹底忘掉，開始我的新生活。」

傅華心中很是惆悵，他沒想到他這次和談紅見面，竟是最後一別，不過看到談紅能夠如此積極正面，讓他稍感欣慰，不由得發自內心地祝福她：「談紅，你一定會找到你想要的幸福的。」

幾個小時後，飛機降落在洛杉磯國際機場，傅華收拾起惆悵的心情。洛杉磯是他此行的主戰場，危機四伏，他必須要打起十二分的精神應付才行。

傅華很快就看到了洛杉磯華人商會的會長周安強，他和一個健壯的年輕男人站在一起，那個健壯的男人拿著寫著傅華名字的接機牌。

周安強本人比照片看上去更黑更瘦一些，傅華微笑著伸出手來，說：「你好，周會長，我是傅華。」

周安強跟傅華握了握手，說：「你好傅先生，歡迎你來洛杉磯。」

周安強又跟傅華介紹了身邊那位強壯的年輕男人，說：「這是我的司機馬勇。」

傅華趕忙也跟馬勇握了手，說：「你好馬先生。」

馬勇說：「您好傅先生，跟我不用這麼客氣，叫我小馬就好。行李給我吧。」就順手把傅華的行李接了過去，

三人上了車，離開機場。

在車上，傅華跟周安強寒暄說：「周會長，這次我來洛杉磯，可就什麼都靠你了。」

周安強笑笑說：「傅先生太客氣了，我跟黃董是過命的交情，幫他這點小忙理所當然，你說謝謝，那就是見外了。」

傅華客氣地說：「還是應該感謝的。周會長，這兩天有什麼異常情況沒有啊？」

周安強說：「沒有什麼異常情況，我讓人盯著楚歌辰和那對母女，他們仍跟往常一樣。」

傅華眉頭皺了一下，說：「這樣啊，奇怪了，好像不該這樣平靜才

對啊。」

周安強猜測說：「也許他們並不知道你來洛杉磯了吧？」

傅華搖搖頭說：「不可能，我來之前才跟齊隆寶見過面，跟他說我要來洛杉磯的。」

周安強聽了，不禁納悶說：「那我就不知道了，反正我派去盯哨的人跟我說一切都很正常。傅先生，你也不要太著急了，這種事急也沒有用的。」

傅華說：「我知道，不過我總要找點東西展開調查才可以。您對這邊的情形比較熟悉，您認為我該怎麼做才好？」

周安強建議說：「傅先生，你稍安勿躁。黃董把這件事交代給我之後，我就著手做了一些工作。在你來之前，我已經收買了一個楚歌辰身邊的人，他答應我，會在這一兩天內把能夠證明楚歌辰和齊隆寶之間有往來的證據提供給我。」

「真的嗎？」傅華喜出望外地看著周安強。如果周安強收買的人真能拿到齊隆寶和楚歌辰互相勾結的證據的話，那他這次的任務相對就簡單多了。

周安強點點頭說：「但是這個人拿到的證據是不是真的有用，我可就不敢保證了。所以我想，等他跟我說拿到證據時，你跟我一起去檢驗一下證據的真實性，確定是真的，我再付錢給他。」

傅華聽了，激動地說：「那真是太好了，周會長。給對方的錢由我來付就好。」

周安強豪爽地說：「你不用跟我算得那麼清楚，一筆小錢而已，當是交朋友吧。你如果覺得過意不去的話，等下回我去北京玩的時候，你再好好招待我就行了。」

傅華立即回說：「沒問題，周會長如果去北京的話，我肯定會好好招待您一番的。」

周安強並沒有把傅華送去酒店，而是把他帶回自己的家裡。周安強的家位於洛杉磯市中心的唐人街上，街上到處都是中文招牌，傅華還看到一尊孫中山的銅像，讓他感覺特別的親切。

安頓好，傅華就讓周安強派車送他去中國駐洛杉磯領事館，去見一個叫做祁東鵬的人。祁東鵬的身分跟胡景宣一樣，也是安部長安排的特工人員。

雖然聽周安強說的意思，似乎要辦的事馬上就能夠得到解決，但是傅華並沒有忘記在酒店有人偷動過他東西的這件事，周安強可能被楚歌辰收買的嫌疑並沒有被排除，傅華覺得還是該跟祁東鵬見個面，讓安部長的人知道他在洛杉磯的行蹤比較好。

周安強對傅華要去領事館並沒有絲毫猶豫，馬上就安排馬勇帶傅華去，還交代馬勇要特別注意傅華的安全，傅華就去領事官跟祁東鵬見了面。祁東鵬也沒提供什麼有價值的情報，說法跟胡景宣、周安強一樣，都是說楚歌辰和齊隆寶的妻女沒有什麼異常。

傅華留下聯繫方式給祁東鵬，然後回到周安強的家。他沒有四處觀光遊覽，因為洛杉磯是楚歌辰的大本營，他擔心出去亂晃的話，會被楚歌辰給算計，因此老實地待在周安強家靜待消息。

第二天深夜，傅華正睡得迷迷糊糊時，周安強把他給推醒，說：「傅先生，我收買的那個人說他已經拿到你想要的東西了，走，我帶你去看看。」

馬勇就開車帶傅華和周安強去一個偏僻的小山上，半山腰上停了一輛車，有個人靠在車旁等著他們。

下車後，周安強就帶著傅華走到那個人的面前，那個人看到傅華，招呼說：「久仰了，傅先生。」

在夜晚的月光下，傅華看到一張中年商人的臉，這個人大約五十多歲，帶有香港人身上很特別的那種氣質。

傅華整個人當下呆在那裏，因為他看過幾次這個人的照片，對這個人熟悉到不能再熟悉了，原來這個人就是跟齊隆寶聯繫密切的那個香港商人楚歌辰。這一瞬間傅華明白，他是中了楚歌辰的圈套了。

傅華轉頭看了眼身旁的周安強，憤怒地說：「周安強，你出賣我？」說著，就想揮拳去揍周安強。

這時，一個硬梆梆的東西頂到傅華腰上，一直跟在身後的馬勇笑了笑說：「傅先生，請你冷靜，別亂動，要不然我的手槍會走火的。」

傅華面臨的是一對三的局面，馬勇手中還有槍，他無法反抗，只好無奈地收回拳頭，罵道：「你們這些混蛋真是太卑鄙了。」

楚歌辰走過來拍了拍傅華的肩膀，陰笑著說：「傅先生，不是我們太卑鄙，而是你實在太愚蠢了，你明知道洛杉磯是我的地盤，居然還敢單槍匹馬的闖來調查齊先生，真是讓我不知道該說你什麼好了，就你這種智商還敢跟齊先生吹噓什麼想要獵殺他，簡直是讓人笑掉大牙啊。」

傅華怒視著楚歌辰，心有不甘地說：「我來洛杉磯並沒有錯，我看得出來，我來這裏讓你跟齊隆寶心裏很恐懼。只不過我沒想到周安強會被你們給收買了。」

楚歌辰冷笑說：「那還是你棋輸一著啊。你沒想到的事，齊先生可是早就想到了。他從被調職後，就一直懷疑這邊有人在幫你收集情報，就讓我著手調查，結果讓我找到了周會長。」

楚歌辰說到這裏，轉身看著周安強，得意地說：「於是我就上門跟周會長好好的談了談，周會長很自覺地認識到他犯下了一個極大的錯誤，他不應該跟你們合作，而是該跟我合作的，於是態度積極的跟我說他想要改正錯誤，我們就商量了這個等你上鉤的計畫，結果你還真的不遠萬里的跑來咬鉤了。」

周安強一臉歉意地說：「不好意思啊，傅先生，我並不想要害你的，但是楚先生背後有我惹不起的勢力，我的身家財產都在這裡，不可能棄之不顧，為了保全我自己，也只好犧牲你了。」

傅華知道楚歌辰的真實身分既然是美國間諜，肯定能夠動用某些公權力的部門，這些部門如果對周安強施壓，周安強自然很快就會倒戈了。

傅華怒視著周安強說：「姓周的，你這樣子做對得起黃董嗎？」

周安強自我辯解說：「我並沒有什麼錯，要不是他讓我調查楚先生和齊先生，也不會惹得楚先生找上門來。麻煩既然是你惹來的，我用你來消災，也是理所當然的。」

傅華曉得再怎麼表達他的憤怒都沒有用，他現在是人家砧板上的肉，只能任由他們宰割。他看了楚歌辰一眼，說：「楚歌辰，我現在已經落在你的手中，齊隆寶究竟想把我怎麼樣？」

楚歌辰奸笑著說：「齊先生也沒想把你怎麼樣，既然你那麼想來美國，來了之後就不要再離開啦，他要我把你活埋在土裏，讓你永遠留在這兒，看著我和齊先生的家族在這裏興旺發達。」

「你想把我埋在這兒？」傅華驚叫了起來。

「對！」楚歌辰笑笑說：「而且齊先生還強調，說要我把坑挖得深一點，這樣把你埋下去之後，你永世都不得翻身，哈哈。」

傅華叫說：「楚歌辰，你膽子太大了點吧？美國是有法制的地方，你這麼做可是謀殺，是犯罪。」

楚歌辰絲毫不在乎地說：「這我知道啊，謀殺是犯罪不假，但是不被發現就沒事了，所以我才和周會長特地給你選了這麼個前不著村後不著店的風水寶地，神不知鬼不覺的把你一埋，估計到下個世紀也不會有人發現你被殺了。」

傅華力求鎮定地說：「楚歌辰，你們別以為可以神不知鬼不覺，領事館可是知道我住在周安強家的，我如果失蹤了，領事館的工作人員一定會進行調查的。」

周安強冷笑說：「傅先生，這個就不用你操心了，跟你這麼說吧，我有辦法應付的，我能找出不下十個人證明你自己離開了我家，然後去向不明。」

「那還有洛杉磯警方呢，」傅華心有不甘的說：「警方可不是那麼好糊弄的。」

楚歌辰笑了起來，說：「傅先生，你想太多了，且不說我有辦法讓警方完全忽略你這個失蹤案，就算我不插手，警方也不會太認真去調查這件事的，洛杉磯每年都有幾百件謀殺案發生，一樁失蹤案估計警方是不會花大力氣去查的。」

傅華這時真有點叫天天不應，喊地地不靈的感覺。苦笑說：「看來你們這些王八蛋為了算計我，還真是費了不少心思啊。」

楚歌辰說：「好了，傅先生，別這麼多牢騷了，你就認命吧。比起你給我和齊先生造成的損失來說，把你給活埋，實在是太輕的懲罰了，實話跟你說，我心中恨不得把你給活剮了才出氣。」

傅華看了楚歌辰一眼，反問道：「楚歌辰，我對付的是齊隆寶，你有個狗屁損失啊？」

「我怎麼沒有損失啊，」楚歌辰狠狠地踹了傅華一腳，罵道：「你這傢伙不但害得齊先生陷身國內出不來，也害得我不敢輕易回香港去，讓我們兩人的事業遭受極大的打擊。」

傅華看楚歌辰靠近他，伸手就想去抓楚歌辰試圖反抗，沒想到剛有動作，馬勇的槍口就頂了過來，威脅說：「傅先生，我要是你的話，就老老實實的，因為這把槍很容易走火的。」

傅華只好把手收了回來，說：「楚歌辰，那是你和齊隆寶自作自受，你們身為中國人，卻出賣國家利益，本就應該受到懲罰，現在這樣，算是便宜了你們。」

楚歌辰嘲笑說：「傅先生，你算有膽色，死到臨頭了，還這麼大義凜然的，佩服啊！不過，這些廢話說再多也沒有用，救不了你的小命，你該死還是要死的。走吧，埋你的坑已經給你挖好了，就在前面，你乾脆一點，自己走過去吧。」

馬勇就用槍頂了一下傅華，說：「傅先生，請吧。」

第二章

生死關頭

楚歌辰說：「傅先生，我看你還算是條硬漢，
都面臨生死關頭了，居然還能夠談笑自若，
我就佩服你這樣的人，雖然我做不到。
那我就跟你說說我跟齊先生搭上線的經過吧，
也讓你做個明白鬼。」

傅華被槍頂著，不得不跟在楚歌辰的後面，往山裏的荒蕪地方走。走了大約五十米的距離，在一個雜草叢生的地方，楚歌辰停了下來，月光下，一個一米見方很深的坑就出現在傅華面前。

楚歌辰用手指了指深坑，說：「傅先生，這就是我給你預備的埋骨之所。我看過了，這個地方視野開闊，雖然看不到水，但是前面再過一段距離就是大海了，所以也算是個背山望水的風水寶地，你能夠埋在這裏算是十分幸運，現在就請你自己跳進那個坑裏吧。」

傅華做著最後的掙扎，說：「楚歌辰，這樣你就想把我活埋了？」

楚歌辰說：「是啊，怎麼，你還嫌我準備得不夠周到嗎？我跟你說，這裏可沒辦法請和尚道士給你做法。」

傅華說：「難道齊隆寶就沒有什麼話要跟我說嗎？」

楚歌辰說：「齊先生本來是有話想問問你的，他想問你對他和我的事究竟掌握多少，但是我覺得沒有必要，如果你能掌握到我和他的事的話，也不需要千里迢迢跑來美國了。他覺得我說的話很有道理，就告訴我，抓到你之後，什麼都別問，直接埋了完事。」

傅華說：「楚歌辰，你先別急，你不問我，我還有話要問你呢。話說我跟你們也鬥了很長一段時間，不過，到現在我還是沒搞清楚你究竟是怎麼跟齊隆寶搭上線的？」

楚歌辰笑了起來，說：「傅先生，你還真是有閒情逸致啊，都到了這般田地，你問這些還有用嗎？」

傅華說：「我知道沒什麼用，只是我這個人好奇心強，這個問題沒弄明白，死了也不會瞑目的。」

楚歌辰說：「好吧，傅先生，我看你還算是條硬漢，都面臨生死關頭了，居然還能夠談笑自若，我就佩服你這樣的人，雖然我做不到。那我就跟你說說我跟齊先生搭上線的經過吧，也讓你做個明白鬼。」

傅華苦笑說：「那就謝謝你了，等到了地下，我會在閻王面前幫你美言幾句的。」

楚歌辰哈哈大笑起來，說：「你不用嚇我，我知道你在閻王面前肯定不會說我好話的。說起我跟齊隆寶是怎麼搭上線的，其實也沒什麼複雜，齊先生的父親位高權重，對齊先生寵溺有加，所以齊先生就養成了一個追求享受的習慣……」

原來齊隆寶曾經有段時期被派駐到香港工作，負責在港招募特工人員，也就是在這個時期，他跟楚歌辰才搭上線的。

最初齊隆寶接近楚歌辰的目的，是希望把楚歌辰發展成他的工作人員，哪知道楚歌辰早已被美國中情局招募為間諜，任務是在香港收集大陸的情報。於是他知道齊隆寶想要招募他時，就跟中情局作了彙報。中情局知道齊隆寶的特殊身分，大喜過望，就讓楚歌辰將計就計，讓楚歌辰想辦法穩住齊隆寶，然後在跟齊隆寶接觸的過程中，設法拉齊隆寶下水。

楚歌辰得到命令，就開始在齊隆寶身上下功夫，他看出齊隆寶追求享受的個性，就投其所好，經常拉著齊隆寶出入一些風月場所花天酒地，又設法讓齊隆寶迷上賭博。一來二去，兩人就成了莫逆之交。

楚歌辰看齊隆寶已經完全信任他了，就帶著齊隆寶偷著上賭船，誘惑齊隆寶沉湎於賭博，齊隆寶本就不是什麼意志堅定之輩，加上自認為出身世家，家世非凡，更是拿出一擲千金的闊少派頭來。

但是賭場向來是十賭九輸的，並不因為齊隆寶出身紅色世家就對他特別照顧，結果導致齊隆寶欠下巨額賭債。這時，楚歌辰露出了廬山真面目，告訴齊隆寶他是美國間諜，他可以幫齊隆寶還清賭債，但是要齊隆寶拿掌握到的國家機密來交換。

傅華不禁質疑說：「齊隆寶不會就這麼容易就範吧？怎麼說他也是魏立鵬的兒子，欠點賭債這種小事，魏立鵬還是擺得平的。」

楚歌辰笑說：「我要叫齊隆寶乖乖就範，手段自然不會那麼簡單，他玩女人、賭錢，這些我都留有證據，我告訴他，如果他不順從，那我就把這些證據公佈出來，到時候不但他自身難保，也會危及到他父親的地位。」

傅華看了楚歌辰一眼，說：「你真是夠陰險的了。」

楚歌辰說：「傅先生，這沒什麼陰險，這是招募過程中慣用的手段，你不去抓住對方的弱點，他又怎麼肯甘心就範呢。我拿住齊隆寶這麼多把柄，他不服從也不行了。不過，齊隆寶也是個人物，在不得不被我招募之後，從此行為開始謹慎起來，不但戒了賭，也不再出入一些風月場所了。」

傅華哼了聲說：「算他聰明，如果他不再行為謹慎的話，恐怕早就被有關部門給盯上了。」

楚歌辰點了下頭說：「這倒是，也就是因為這樣，我和他的關係才維持這麼多年沒被發現，直到你跳出來為止。齊隆寶也從這時候，把興趣轉向了金錢，開始利用權力為自己攫取財富。」

傅華問：「那齊隆寶的妻女是你幫她們移民的嗎？」

楚歌辰說：「這不需要我幫忙，魏立鵬的權勢要辦到這件事很容易，我只不過幫他轉移一部分財產到美國來而已。」

傅華追問：「我知道你是齊隆寶妻子李玉芬那家公司的股東，你肯定給了她不少幫助吧？」

楚歌辰說：「你也太小瞧齊隆寶了，這些年他聚斂了很多財富。我對李玉芬的幫助大都是業務上的，她的公司就是我幫她運作起來的。」

傅華說：「那齊隆寶給了你什麼回報呢？」

楚歌辰恨恨地說：「這點就是你最可惡的地方了，我在齊隆寶身上經營了那麼久，最初他還是個小腳色，拿不到什麼很高級的情報，結果就在他剛剛升到高階領導的位置，可以接觸到高度機密的情報，也到了我收穫的時候，你就跳出來揭發了齊隆寶跟我的關係，搞得大陸方面有了警覺，很多正在進行的活動都停頓下來，差點讓我顆粒無收。」

傅華聽了，說：「差一點？也就是說你還是有收穫的，前段時間被美國起訴的華商，就是齊隆寶提供給你們的消息吧？」

楚歌辰點了一下頭，說：「對，沒錯。齊隆寶還提供了一個在軍事部門工作的華裔科學家出來，結果還沒等我們抓捕，你就跳出來，那個科學家得到通知，立即銷毀證據，搞得我們雖然抓到他，卻拿不出證據指控他，無奈之下只好把他給放了。」

傅華在新聞上看到過相關的報導，說這個科學家無辜被中情局逮捕。被釋放後，就被他工作的部門給開除了。想不到這個科學家居然也是齊隆寶出賣的。傅華忍不住罵道：「齊隆寶這個混蛋還真是害人不淺啊。」

楚歌辰忿忿地說：「應該是你害人不淺才是，要不是你跳出來搞事，我應該已經抓獲很多大陸在美國工作的間諜了，那樣我可就立了大功，現在不知道該有多風光呢。結果倒好，我撒了那麼大的網，卻只撈到一條魚而已。」

這時，周安強看楚歌辰在那裏跟傅華說個沒完，在一旁提醒說：「楚先生，時間不早了，我們最好趁天亮前趕緊把事情辦完。」

楚歌辰點點頭，對傅華說：「好了，傅先生，我該跟你說的都說了，你可以安心的去了，現在請你跳進坑裏去吧。」

傅華轉頭看向周安強，忍不住說：「周會長，楚歌辰是美國招募的間諜，他為了美國出賣中國的利益，這我無話可說，但你是中國人，難道也要幫著他助紂為虐，坑害我們中國人嗎？」

周安強不為所動地說：「傅先生，這時候你就不要再心存幻想了，我是中國人不假，但是我生活在美國的土地上，所有的一切都受制於美國，為了保住我擁有的一切，我不得不這麼做。」

傅華搖搖頭說：「周安強，你想要保住擁有的這一切恐怕有些難，黃董遲早會查明我失蹤的真相，到那時候，你一定會遭到慘烈的報復的。」

周安強說：「這個我不怕，再怎麼說黃董也遠在香港，他想報復我可沒那麼容易。大不了我這輩子不去香港就是了。好了傅先生，時間不早了，你趁早上路吧，服侍完你，我們也可以早點回去休息。」

眼看大勢已去，傅華只好苦笑說：「好吧，既然早晚都要上路，那我也不耽擱你們的時間，我跳下去就是了。」說完，就走到那個挖好的坑邊，撲通一聲跳了進去。

這個坑確實挖得很深，傅華伸直了胳膊都摸不到坑的上沿，想從這個坑裏逃生，基本上是不可能的。

周安強拿起放在雜草裏的鐵鍬，挖了一鍬土說：「傅先生，你安心的去吧，我會記住今天是你的忌日，以後每年的今天，我都會為你燒一炷香的。」然後把那鍬土倒進坑裏，塵土飛揚，弄得傅華滿頭滿臉都是。

「等等，」傅華叫了起來：「楚歌辰，我還有話說。」

楚歌辰走到坑邊，衝著傅華說：「傅先生，你還有什麼遺言嗎？」

「遺言倒沒有，」傅華說：「楚歌辰，我只想最後問你一句，你確定今天晚上沒有別人知道你們把我帶到這裏嗎？」

楚歌辰很有自信地說：「我十分確定，為了保密起見，除了我、周會長、小馬三個人之外，再無其他的人知道我們今晚要活埋你的。」

傅華笑笑說：「那可不一定，誒，小馬，你的人再不出來，他們可真的會把我給活埋了啊！」

馬勇這時說：「傅先生，你怎麼這麼沉不住氣啊，周會長才埋了你一鍬土而已，我還想看一齣大埋活人的好戲呢。」

傅華說：「我也想再等一會兒的，問題是周會長把土都揚在我頭上了，搞得我實在有些忍受不了啦。」

這時周安強感覺到有些不對勁，拿著鐵鍬想砸向馬勇，馬勇卻搶在他前面把槍口指向了他，笑說：「周會長，你還想要命的話，就把鐵鍬放下吧，我手裏的槍怎麼也比你的鐵鍬快吧？」

周安強只好把鐵鍬放了下來，看著馬勇說道：「小馬，我對你一向不薄，正準備提拔你在商會裏擔任要職，你怎麼能夠背叛我呢？」

馬勇笑笑說：「謝謝您對我的厚愛，不過，我來商會工作是負有特殊使命的，職責所在，只好對不起您了。」

楚歌辰訝異地退到一邊，說：「小馬，怎麼回事，你是什麼人啊？」

馬勇說：「就是你一直想抓的人啊。」

楚歌辰訝異地說：「你是大陸的特工人員？」

馬勇點點頭說：「你猜對了。兄弟們，出來吧。」

草叢裏，立時站起四個身穿黑衣的大漢，一人手裏拿著一把手槍。這四名大漢事先就隱藏在雜草叢中，加上夜色的掩護，楚歌辰和周安強一直沒有發現他們。此時他們在馬勇的指揮下，走到周安強和楚歌辰身邊，槍口指向兩人，局面頓時大為逆轉，被馬勇的人完全掌控了。

馬勇對大漢說：「別站在那裏啊，先過去兩個人把傅先生拉上來吧。」

兩名大漢走過去伸手將傅華從坑裏拉了上來，傅華抖落一身的泥土，然後走到小馬面前，笑著說：「我和楚歌辰的談話應該都錄了下來吧？」

馬勇說：「應該是。」接著，馬勇就從草叢中拿出一枝被藏設好的錄音筆，按下回播鍵，楚歌辰的聲音傳了出來，正是他剛才談話的內容，聲音在夜空中顯得特別清晰。

馬勇把錄音筆遞給傅華，說：「說實話，我也沒想到這傢伙居然這麼健談，把我們想要的情報都告訴了我們。」

「他以為我已經是甕中之鱉了，當然不介意跟我分享一下他的成功啦。」傅華走到楚歌辰面前，拍了拍楚歌辰面如土色的臉，說：「楚先生，你這時候還認為我愚蠢嗎？」

楚歌辰不敢置信地看著傅華，聲音顫抖的說：「你怎麼會知道周安強有問題的？」

「這要怪你們太心急了，」傅華笑了笑說：「我還在紐約的時候，你們就派人去監視我，還進我房間搜查我的東西，讓我意識到洛杉磯這邊可能出問題了，不過我不能確定究竟是周安強出問題，還是安部長的人出了問題，於是就打電話給安部長，把情況跟他說，問他的人究竟可不可靠。安部長說這次安排的人絕對可靠，而且就算周安強出了什麼問題也沒關係，他已經做好萬全的安排，讓我放心大膽的去洛杉磯就是了。」

傅華說到這裏，看了馬勇一眼，笑著說：「那時候我還不知道小馬是安部長安排在周安強身邊的人，後來小馬送我去領事館，跟我一起去見祁東鵬時，我才知道他的真正身分。」

馬勇補充說：「安部長從傅先生那裏得知洛杉磯狀況有異後，就讓我調查周安強，結果發現周安強跟楚歌辰互有勾結，正挖好陷阱等著傅先生往裏跳呢。在領事館裏，我就把這個情況跟傅先生說。」

傅華接著說道：「我聽小馬說了之後，覺得這是個查明齊隆寶叛國事實真相的大好機會，就決定將計就計，假裝掉進你們設好的陷阱裏，然後誘使你說出跟齊隆寶勾結的過程。沒想到你還真是聽話，居然一五一十的把過程都講了出來。謝謝你啦，楚先生，你這樣做，省了我很多調查上的麻煩。」

楚歌辰聽完，瞪了一眼周安強，說：「周安強，你這個笨蛋，你閒著沒事派人去紐約幹什麼啊？我不是告訴過你，在姓傅的這傢伙來洛杉磯之前，儘量不要去驚動他嗎？這下倒好，你給他事先提了個醒了。」

周安強冤枉地說：「楚先生，我沒有啊，我們既然已經定好計策要在洛杉磯處理他了，我又怎麼會讓人跑去紐約盯他呢，你當我吃飽了撐著啊！」

楚歌辰說：「我沒有派人去紐約查他，那不是你又會是誰啊？」

周安強一臉無奈地說：「我怎麼知道啊？我在這件事情裏只是一個聽你擺佈的小卒子，你讓我幹什麼，我就幹什麼的。」

這下傅華也有些奇怪了，說：「難道真的不是你們派人去紐約的？」

楚歌辰沒好氣地說：「你不都聽到了嗎？」

傅華納悶了起來，難道說他來美國，除了楚歌辰周安強外，還有第三方的人在盯著他嗎？按說他在美國再沒有其他的敵人了。

不過眼下這時候傅華也沒工夫去搞清楚究竟是怎麼一回事了，當務之急是需要趕緊想辦法把楚歌辰和周安強給處理掉，再拖下去，天亮了，事情就不好處理了。現在他只拿到齊隆寶叛國的證據，事情僅僅成功了一半，他還得成功地脫身回國，事情才算圓滿完成。

傅華說：「好了楚先生，我現在也沒時間去管誰去過紐約了，現在埋人的坑你們已經挖好了，怎麼樣，你乾脆一點，自己跳進去吧。」

楚歌辰撲通一聲跪了下來，抱著傅華的大腿哀求說：「傅先生，你放過我吧，我家裏上有老下有小的，沒有我不行啊。」

傅華一腳將楚歌辰踹到一邊去，說：「誒，楚先生，你這個理由太牽強了，這世界上沒有了誰都可以的。好了，別浪費時間了，你再不跳的話，我會叫人把你朝下扔進去的。」

楚歌辰不放棄地再次抱緊傅華的大腿，苦苦求道：「傅先生，求求你了，你再給我一次機會吧，只要你放我一條生路，你讓我幹什麼都可以。」

傅華態度堅決地說：「楚先生，你能幫我幹什麼啊？你現在對我沒有絲毫用處，我想知道的事，你都已經告訴我了。你有骨氣一點好不好，趕緊自己跳進去吧。」

「不是的，傅先生，」楚歌辰說：「我手裏還有一樣東西對你是有用處的，那就是當年我招募齊隆寶所留下的那些證據。那些資料我一直都保存著，對你能夠證明齊隆寶叛國可是很有用處的，只要你放過我，我願意把這份資料交給你。」

「這個嘛——」

傅華遲疑了一下，楚歌辰所說的資料確實對他很有用，但是楚歌辰不會把這些東西帶在身上，要跟著楚歌辰去拿的話，卻很難保證放東西的地方沒什麼危險，還是趕緊把楚歌辰處理掉比較好，就搖搖頭說：

「楚先生，你說的資料確實很有用，但是我沒辦法保證你放東西的地方沒有危險，保險起見，我還是現在就把你埋了好一點。」

楚歌辰趕忙說：「傅先生，那份資料就放在我家中的保險櫃裏，鑰匙在我身上，只要你不活埋我，我可以把密碼告訴你，你派人拿著我的鑰匙去取就是了，一點危險都沒有的。」

傅華猶豫了一下，說：「不行，我信不過你。」

這時，馬勇拉了一下傅華的胳膊，說：「傅先生，我覺得這份資料很重要，你也知道齊隆寶是什麼人，如果只有楚歌辰的錄音就想將他入罪，恐怕會有人出來幫他說話的，所以還是讓我的人去楚歌辰家裏試一下吧。」

傅華遲疑說：「可是這樣子很危險啊。」

馬勇說：「沒事的，我的人處理這種事經驗十分豐富，就讓他們試一下吧。」

傅華看馬勇這麼說，就點點頭說：「行，就讓他們試一下吧。」

馬勇就對楚歌辰說：「楚先生，密碼和鑰匙。」

楚歌辰有些不放心地說：「可是小馬，如果我告訴了你，你真的確保放我一條生路嗎？」

馬勇說：「我確保，快點給我吧。」

楚歌辰不相信地說：「你不能這樣空口說白話啊，你得給我一點靠得住的保證。」

馬勇笑笑說：「我拿不出什麼靠得住的保證，反正就這麼一句話，你信的話，就把密碼和鑰匙給我；不信的話，我現在就把你埋了。你決定吧。」

楚歌辰無奈地把密碼和鑰匙交給馬勇，然後苦笑著說：「小馬，我現在也只能相信你了，你可要說話算話啊。」

馬勇對楚歌辰保證說：「楚先生，只要我的人拿到資料，我一定保證你的安全。」

馬勇就把一名手下叫了過來，囑咐他去楚歌辰家裏拿資料，並交代他要機靈一點，如果情形不對，就放棄行動；如果順利拿到資料，直接送到領事館。同時要這個人每十分鐘跟他聯繫一次，讓他知道他是否安全無虞。

這個人銜命而去，半個多小時後，打電話回報馬勇，說順利的拿到資料，已經將資料送交領事館。到此傅華懸著的心才放了下來，對馬勇說：

「小馬，你要拿這兩個傢伙怎麼辦啊？」

楚歌辰趕忙叫道：「小馬，你答應我的，拿到東西之後就饒了我的。」

周安強比較硬氣，一言不發，一副要殺要剮的態度。

馬勇看楚歌辰一副著急的樣子，笑說：「楚先生，你以為我們真的殺人不眨眼啊，傅先生那是嚇唬你的。」

楚歌辰驚喜的說：「這麼說，你們肯放了我？」

馬勇說：「放是肯定會放了你的，不過要請你和周會長在這裏待上兩天，等我和傅先生平安離開美國，你們就自由了。」

楚歌辰急道：「喂，小馬，你不能說話不算話，你可是答應我的……」

楚歌辰還沒叫完，身旁一名大漢掏出一支注射器，插在他的脖子上，楚歌辰瞪著眼睛還想說些什麼，但是這時候他只感覺全身麻痺，嘴巴也張不開了，身子慢慢地軟倒在地上。

馬勇走到楚歌辰旁邊，蹲下身子，拍了拍楚歌辰的臉，說：「楚先生，你不用怕，這個安眠藥是兩天的劑量，你安靜的睡上兩天，自然會醒來的。」

楚歌辰此時意識已經不受自己的控制，眼睛閉上，就睡了過去。

傅華這時走到周安強的身邊，笑笑說：「周會長，謝謝你這兩天的招待，你的隆情厚意我會轉告黃董，相信他會更加感謝你的。」

周安強苦笑了一下，說：「傅先生，我是……」話還沒說完，那名大漢照樣給他脖子上打了一針，周安強便也很快就睡了過去。

馬勇就和手下把周安強和楚歌辰兩人塞進挖好的坑裏，在坑口做好偽裝，確保路過的人不會發現，就開著楚歌辰和周安強的車離開了現場。

離開現場後，他們先找了個地方把楚歌辰和周安強的車藏起來，然後傅華和馬勇直接奔赴中國領事館，將錄音筆和楚歌辰交出來的資料一併用外交郵袋寄回國內。

辦完這些事，傅華和馬勇不敢在美國久留，隨即趕赴機場。

過程中，傅華的心始終懸著，擔心美國警方會將他和馬勇扣留下來。好在傅華和馬勇的行動迅速，中情局還沒有來得及發現楚歌辰和周安強失蹤，所以他們上飛機並沒有遭到任何的麻煩。

十三個小時後，飛機平安的降落在北京首都機場，這時候傅華的心才從半空中落到了實處。

傅華向馬勇伸出手來，感激地說：「小馬，謝謝了，沒有你的幫忙，這次的事情不會辦得這麼順利。」

馬勇跟傅華握了握手，說：「傅先生，應該是我謝謝你才對，因為有你的參與，成功的破獲了齊隆寶叛國的案子；而我也可以結束臥底任務，再也不用去過那種人格分裂的生活了。」

傅華聽了，笑說：「那我們算是扯平了吧。誒，你做這份工作多長時間了？」

馬勇回說：「四年多了。」

傅華說：「那我們以後有機會見面嗎？」

馬勇笑笑說：「應該會有吧，安部長說會安排我在北京工作的。」

傅華點點頭說：「那你有空時找我出去喝酒吧，你知道怎麼找到我的。」

馬勇說：「我會的，你是大老闆，到時你可要請我喝最好的酒啊。」

傅華笑說：「大老闆說不上，不過請你喝最好的酒還是辦得到的，就這樣說定了。」

兩人就在機場分了手。

傅華並沒有通知什麼人他今天回來，因此沒有人接機，自己坐計程車回到笙篁雅舍的家。

回到家，傅華有一種劫後餘生的感覺，這次的美國之行實在是很驚險，要不是僥倖察覺到周安強有問題，他可能真的要被活埋在洛杉磯了。此刻心神安定下來，緊繃的神經一鬆懈，便感到睏意襲來，因此往臥室的床上一躺，倒頭就睡。

這一覺迷迷糊糊的不知道睡了多久，醒來時，傅華看了看手錶，已經是第二天的上午七點了。

他拿出手機，才想起來坐飛機的時候他把手機關了，便打開手機，隨即就有好幾通未接電話的通知，看看顯示的號碼，居然是冷子喬的阿姨寧慧打來的。

傅華有些奇怪，他跟寧慧並沒有太多的交集，也就是在酒店見了個面，寧慧怎麼會接連幾個電話找他呢？

算算時間，此時正好是美國的晚上，傅華就撥了寧慧的電話。

一接通，寧慧就擔心地說：「傅先生，你現在在哪裡，為什麼電話一直都打不通啊，你沒出什麼事吧？」

傅華笑笑說：「我已經回國了，手機在上飛機的時候關了，就一直沒開。您找我有什麼事嗎？」

「原來你已經回國了啊，」寧慧鬆了口氣說：「我還以為你在洛杉磯呢，我打電話給你沒什麼重要的事，就是想問問你在洛杉磯要辦的事需不需要我幫什麼忙，我在洛杉磯也有些朋友的。」

傅華對寧慧的關心越發地感到狐疑，他並沒有把去洛杉磯的真正目的跟寧慧和冷子喬說過隻字片語，寧慧沒有理由這麼擔心他，難道說寧慧真的對他有什麼意思嗎？

傅華忽然有一種很奇怪的想法，那就是在紐約那個闖進他房間的人也許與寧慧有關，因為想來想去，他在紐約接觸到的人，除了談紅，就是這個寧慧了，而寧慧現在又有這麼奇怪的行為，很難不讓人懷疑這件事與她有關。

傅華便試探地說：「讓您費心了，我在洛杉磯的事辦得很順利，已經辦完了。不過，在紐約卻發生了一件奇怪的事，有人偷著闖進我的房間，卻沒有偷任何東西，也不知道這人是什麼意思。」

寧慧明顯的頓了一下，隨即說：「居然有這樣的事啊，這可真是有點奇怪啊。」

寧慧的停頓，讓傅華越發感覺這件事與她有關，就說：「您不知道這件事嗎？我還以為是某個與您有關的人看到我和您見面，所以才闖進我的房間，想查看我的底細呢？」

寧慧笑說：「傅先生，你這個想法很匪夷所思啊，你怎麼會把這件事跟我聯繫起來呢，我並沒有這樣的朋友啊。」

傅華聽得出來寧慧說話的語氣有些不自然，更加確信與寧慧有關，只是這個人為什麼要偷進他的房間，是要找什麼呢？還是僅僅為了查看他的底細？那個進入他房間的人會追到中國來嗎？

傅華就說：「那是我誤會了，我還以為是您的某個愛慕者因為吃醋才搞出來的花樣呢。既然不是，那就最好了。」

寧慧笑笑說：「當然不是啦，我並沒有這樣的愛慕者。誒，傅先生，話說你還欠我一聲謝謝呢。」

傅華不解地問道：「我還欠您一聲謝謝？為什麼啊？」

寧慧說：「為什麼你還不知道嗎？別裝啦，我就不信子喬沒把我在我姐姐面前誇你的話講給你聽。」

傅華聽了說：「原來是這樣啊，不過，我覺得我不需要感謝您，因為您在誇我的同時，也提醒子喬說我這個人太精明，讓她小心被我騙了的。」

寧慧抱怨說：「這個子喬，怎麼什麼話都跟你講啊！不過傅先生，你會介意我這麼說，是不是真的想要騙子喬什麼啊？」

傅華失笑說：「您這個做阿姨的可太不瞭解您的外甥女了，您的外甥女古靈精怪，可不是我能騙得了的。」

寧慧笑說：「這倒也是。好了傅先生，我要出去吃飯了，我們就聊到這兒吧。誒，傅先生，子喬是個好女孩，你可要好好愛惜她啊。」

傅華不好否認他跟冷子喬根本是假鳳虛凰，就笑笑說：「好的。」

傅華剛想把手機放下來，手機再次響了起來，傅華看號碼很陌生，遲疑地接通了。

對方說：「誒，傅先生，我是馬勇啊。」

傅華高興地說：「小馬，這是你新的電話號碼嗎？」

馬勇說：「是啊，以後找我，打這個電話就可以了。」

傅華笑說：「好的，我會把這個號碼給記下來的。誒，你打電話找我有事啊？」

馬勇說：「是的，我們在洛杉磯搞到的那些東西已經寄來了，安部長看了很高興，讓我跟你說，明天上午他想見你，你能夠過來一趟嗎？」

傅華說：「領導要見我，不能過去也要過去啊。」

馬勇說：「那好，明天等你啊。」

第三章

虛榮心

傅華心裏有些悵然若失的感覺，
傅華覺得這並不是他喜歡上冷子喬，
而是男人的虛榮心在作怪。
一個年輕漂亮的女孩圍繞在身邊，
會讓男人的心理得到極大的滿足感，
因為那證明了他在女人面前還是很有魅力的。

第二天上午，傅華就去了安部長的辦公室。馬勇也在安部長的辦公室。

安部長稱讚說：「傅華同志，你這次的事情幹得很漂亮啊，輕而易舉就拿到我們想要的情報。」

傅華趕忙說：「這都要感謝小馬的情報工作做得出色啊，要不是他及時查到楚歌辰和周安強有勾結，我可能已經被埋在美國了。」

馬勇聽了，立即謙虛地說：「傅先生客氣了，憑你的機靈，怎麼也不會出問題的。」

安部長附和說：「小馬說的是，你處理事情睿智果斷，就算有什麼危險也能隨機應變，化險為夷的。」

「您太誇獎我了。誒，部長，寄回來的資料您都看了嗎？」傅華問。

安部長點點頭說：「都看了，齊隆寶被錄下的那些鏡頭實在是太不堪入目了，簡直令人難以相信。」

「那靠這些證據，你們是不是可以把他送上軍事法庭了呢？」

「這個嘛，」安部長轉頭對馬勇說：「小馬，你先去做你的事吧，我跟傅華同志有些事要單獨聊聊。」

馬勇答應了一聲，離開了安部長的辦公室。

傅華看安部長把馬勇打發出去，便知道安部長在處理齊隆寶這件事情上肯定遭遇到某種阻礙了。便說道：「安部長，是不是又有人出面幫齊隆寶說情了？」

安部長沒有回答傅華的話，拉開辦公桌的抽屜，從裏面拿出一張光碟放在傅華的面前，說：「傅華同志，有兩個情況我需要跟你說明一下。第一個，魏立鵬同志為黨和國家工作多年，功勳卓著，是很受高層領導尊崇的老同志，我個人對他也十分尊敬。」

傅華看了安部長一眼，說：「安部長，我不否認你說的，但是也不能因為這一點就放過齊隆寶吧？他可是出賣了國家，如果這樣都不追究他的責任，那被出賣的同志的家人會怎麼想啊？今後還有誰願意不惜生死的為國家效力呢？」

安部長說：「傅華同志，你稍安勿躁，讓我把話說完行嗎？」

傅華只好耐著性子說：「行，您說就是了。」

安部長接著說：「第一個情況我已經說了，第二個情況是，你眼前的這張光碟，是你趁我們的同志不注意的時候偷著複製的，這牽涉到國家機密，你這種行為極為不應該，應該受到嚴厲的處罰，但是因為我們的同志失職，沒察覺到你這麼做。」

傅華愣了一下，有點被安部長的話給繞糊塗了，他覺得安部長這麼說似乎有要陷他入罪的意思，便趕忙辯解道：「誒，安部長，您這樣說就不對了吧，我明明沒有……」

正說著，傅華注意到安部長看他的眼神帶著笑意，就有些明白安部長真正的意圖了，安部長是想借他的手把光碟裡的內容洩露出去，好讓社會輿論對高層領導形成強大的壓力，迫使高層不得不懲治齊隆寶。

想不到魏立鵬的勢力這麼大，就連安部長都不得不這麼做。

傅華忍不住說：「不是吧，安部長，這件事情的阻力真的這麼大嗎？」

安部長無奈地說：「我都跟你說了，魏立鵬同志為黨和國家工作多年，是很受國家高層領導……」

「好了，安部長，您別說了，我明白您的意思，您是怕高層給您壓力，所以不敢去動齊隆寶，但是又不甘心就這麼放過齊隆寶，所以想借助外力逼迫高層不得不對齊隆寶採取措施。您可真是夠滑頭的了。」

安部長說：「誒，傅華同志，話可不能亂說啊，自始至終我可一個字都沒講過這個意思。」

傅華說：「好吧，您既然沒這個意思，那我錯了，我改正錯誤，就把這張您不知道我偷著複製的光碟上繳好了。」

安部長說：「那我馬上叫外面的同志進來給你做上繳物品登記，不過在此之前，我可要跟你講明這麼做的後果。」

傅華叫了起來，說：「安部長，您跟我開玩笑的吧？光碟是您拿給我的，我連內容都沒看過就上繳了，這會有什麼後果啊？」

安部長說：「誰能證明光碟是我拿給你的啊？我看到的可是你把光碟上繳了的，你能認識到錯誤，主動上繳，這個行為是值得肯定的，你這樣做會被視為竊取國家機密之後的自首行為，我相信軍事法庭在量刑的時候，會酌情考慮減輕處罰的。」

安部長說著，伸手就要去拿桌上的電話，傅華伸手按住了安部長的手，說：「安部長，您還真能下得了手啊，我算是明白為什麼您可以做大領導，而我就不行了。」

安部長把手收了回去，說：「傅華同志，有外在的力量推動，這件事會進行得更好，我這也是想要對得起我們部門的同志，所以拜託了。」

安部長這麼做雖然滑頭，但卻是真的想把齊隆寶給繩之以法，這跟傅華的意圖是一致的，他就點了一下頭，說：「行，衝您這句話，這件事我幫您辦了。」

傅華就去把桌上的光碟拿起來裝進皮包裏。

安部長看他這麼做，笑笑說：「傅華同志，做好事會有好報的，我這裏有一份東西，也許對你很有用。」

安部長說著，從抽屜裏拿出一個檔案夾，放到傅華面前，傅華打開一看，裏面是倪氏傑和一個他不認識的年輕女人在一起的照片，雖然不是豔照，但是倪氏傑和那個女人神態親密，一看就知道兩人的關係不一般。

這些照片如果傳出去的話，對倪氏傑將會有很大的殺傷力，搞不好還會危及到倪氏傑董事長的位子。

傅華急忙問道：「安部長，這些照片是怎麼來的？」

安部長說：「是我們部門處理一起案件時發現的，我知道倪氏傑對你現在發展的那個項目十分重要，倪氏傑如果出什麼問題的話，必然會危及到你的項目，因此就幫你把照片截留了下來，相關的記憶卡也被銷毀了。怎麼樣，夠意思吧。」

傅華感謝地說：「您真是太夠意思了。謝謝您了，安部長。」

安部長笑笑說：「不用這麼客氣，只要你不罵我滑頭就好了。」

傅華不好意思地說：「我那是跟您開玩笑的。」

安部長說：「我知道。好了，從這些照片上看，肯定有人在打倪氏傑的主意了，你回去讓倪氏傑趕緊把這件事情處理一下，他坐上中衡建工董事長的位子也不容易，可別栽在女人身上。」

傅華點點頭說：「我知道了。」

從安部長那兒離開，傅華就立即趕去中衡建工。

余欣雁看到他，訝異地說：「誒，傅董，你不是要去美國三個禮拜嗎？怎麼這麼快就回來了？」

傅華說：「事情辦得很順利，就提前回來了。誒，余助理，倪董在嗎？」

余欣雁說：「在，不過他現在有客人。」

「在就好，一會兒他見完客人，你馬上安排我和他見面，我有急事要跟他說。」傅華交代。

余欣雁看了傅華一眼，說：「什麼事這麼急啊？不會是豐源中心出什麼問題了吧？」

「你不用擔心，不是項目的事。」

面對余欣雁的追問，因為事關倪氏傑和另外一個情人的事，傅華跟余欣雁就不好說了，他可不想余欣雁醋海生波，便說：「余助理，你就別問了，我跟倪董是有私人的事要談。」

余欣雁不禁念道：「不是項目的事又是什麼事啊？切，不問就不問，神神秘秘的，也不知道你搞什麼鬼。」

過了一會兒，裏面的客人出來了，余欣雁就帶著傅華進了倪氏傑的辦公室。倪氏傑看到傅華，意外地說：「你什麼時候回來的？」

傅華笑笑說：「回來有兩天了。」

坐下來後，倪氏傑說：「找我有什麼事嗎？」

傅華看了一眼余欣雁，余欣雁知道傅華不想她在這裏旁聽，就識趣地說：「傅董，我先出去，就不妨礙你了。」

等余欣雁走出辦公室，倪氏傑看著傅華說：「傅董，你可千萬別跟我說，你又有什麼地方對欣雁不滿了。」

傅華笑笑說：「那倒不是，我最近跟余助理相處的還可以，我來是有件與您有關的事要跟您說。您看看這些照片。」就把檔案遞給倪氏傑。

倪氏傑打開檔案夾，臉色立時大變，冷聲說：「傅董，你這是什麼意思啊？你找人調查我？」

傅華反問道：「倪董，我是那樣的人嗎？」

「那這是怎麼一回事啊？」倪氏傑說：「你怎麼會有這些照片的？」

傅華說：「這些照片是我一位朋友給我的，是他們部門在一次工作中發現的，因為知道您是中衡建工的董事長，與我在做的項目有關，所以就幫我截留了下來。」

倪氏傑這才鬆了口氣，說：「原來是這樣啊，那你幫我謝謝那位朋友，有機會我請他吃飯。」

傅華說：「請他吃飯就沒必要了，你也請不到他的。不過倪董，我知道您作為一個有權勢地位的男人，有情人是難免的，但是不是也檢點一點，怎麼會被人拍了這樣的照片出來啊？」

倪氏傑苦笑著說：「這應該是我和宜君前幾天去鄉下玩的時候被拍到的，我們以為沒什麼人認識我們，就放鬆了警惕。誰知道還是被人給盯上了。」

傅華忍不住說：「倪董，您的膽子可真夠大的，金正群的問題您還沒解決呢，就敢跟情人去郊遊，您是不是忘了金正群那雙眼睛還盯著您呢！」

倪氏傑低聲說：「我當然沒忘，只是沒想到只是偷著出去玩一下也會被人拍到。」

傅華好奇地問：「倪董，這個宜君是做什麼的啊？會不會有什麼問題？」

倪氏傑搖搖頭說：「她是中衡建工下面一個分公司的副經理，她很崇拜我，不會有什麼問題的。」

傅華心想倪氏傑還真是愛吃窩邊草，守著一個美女助理余欣雁還不夠，居然又把手伸到了下面分公司的副經理身上了。

傅華提醒說：「倪董，我不想干涉您的私事，不過您既然被拍了這些照片，不管宜君有沒有問題，您都被人盯上了，您打算怎麼處理這件事啊？」

倪氏傑為難地說：「這還真是不好處理，我跟她才好上沒幾天，現在跟她提出分手的話，恐怕會惹翻她的。」

傅華越發覺得倪氏傑在處理事情上十分優柔寡斷，對付金正群是這樣，現在對女人也是這樣。便苦口婆心地說：「倪董，您應該知道，如果被人發現您跟宜君存在著情人關係意味著什麼。這樣講吧，假設您現在不是中衡建工的董事長的話，這個宜君還會崇拜您嗎？」

倪氏傑笑了起來，他並沒有被宜君迷昏頭腦，當然知道他年紀一把了，要不是因為董事長的身分，是沒有年輕女孩會真的崇拜他的，便老實地承認：「這就不好說了。」

傅華說：「所以我建議您還是想辦法趕緊把她給處理掉，這樣您也可以讓她多崇拜您一段時間。」

倪氏傑看了傅華一眼，說：「那你想要我怎麼辦？把她調離北京？」

傅華攤了攤手說：「怎麼辦您自己斟酌吧，我想您處理這種事的經驗比我豐富。現在的問題並不單單是她，而是您身後那雙一直盯著您的眼睛；您既然暫時不打算動金正群，那今後做什麼事都該謹慎一些，您要知道不會每次都有人幫您把照片給攔截下來的。」

倪氏傑點點頭說：「我知道，我會注意的。」

傅華說：「那就好，我先離開了，照片留給您，您自己處理吧。」

倪氏傑趕忙交代說：「誒，傅董，拜託你幫我保守秘密好嗎？特別不要讓欣雁知道。」

傅華笑說：「這個我會的，我也不想看到您這邊出什麼亂子啊。」

從中衡建工出來，傅華看看時間，還不到下午四點，這個時間去羅茜男那裏有點早，他又不想去駐京辦，就讓司機送他去鄭老家。

傅瑾正在院子裏跟老太太玩，看到傅華進來，高興地跑過來。

傅華把傅瑾抱了起來，然後跟老太太打了聲招呼。

傅瑾童言童語地問道：「爸爸，你有沒有子喬姐姐的電話啊？」

「子喬姐姐？」傅華心想冷子喬可能真的來過鄭老家，因為上次傅瑾跟她見面的時候，他並沒有告訴傅瑾冷子喬的名字。

他看了看老太太，說：「奶奶，冷子喬來過這裏啊？」

老太太笑說：「是啊，她說你去美國，所以來幫你照看一下小瑾，誒，傅華，這個子喬是個挺乖巧的女孩，我和你爺爺都很喜歡她。」

傅瑾這時插話說：「我也喜歡子喬姐姐，爸爸，你打電話叫她過來吧，我想跟她玩。」

傅華耐心地解釋說：「不行啊，小瑾，姐姐要上班，這個時間是不能來陪你玩的。」

傅瑾問道：「那她什麼時間能來啊？」

傅華還真是被問倒了，他跟冷子喬的關係，演戲的成分很大，眼下他從美國回來，跟冷子喬這場戲也該到了落幕的時候，這時候他如果打電話給冷子喬，讓冷子喬來陪傅瑾玩，很容易會給冷子喬造成他想糾纏下去的誤會。

不過，應付小孩子傅華還是有辦法的，就說：「姐姐什麼時間能來我也不知道，回頭我幫小瑾打電話問問姐姐，然後再告訴小瑾，好嗎？」

傅瑾用期盼的眼神看著傅華，說：「爸爸，你不能現在就打嗎？我好想跟子喬姐姐玩啊。」

傅華說：「不行，我告訴過你了，姐姐現在在上班，她不喜歡我們在這時候打攪她的。」

傅瑾有些失望的哦了一聲，說道：「爸爸，那你可別忘了在子喬姐姐下班的時候打電話給她哦，你跟她說，小瑾很想她，讓她早點來陪小瑾玩。」

傅華答應說：「行，我會告訴她的。」

跟傅瑾玩了一會兒，傅華就進屋去看鄭老。

鄭老看到他，關心地問：「你回來啦，這次美國之行怎麼樣，一切都順利嗎？」

傅華點了一下頭，說：「比預期的順利，我已經拿到充足的證據證明齊隆寶被美國間諜招募，出賣國家機密。」

鄭老詫異地說：「那這些證據呢？」

傅華說：「已經交給安部長了。」

鄭老聽了說：「不對啊，證據既然交給安部長，那齊隆寶應該已經被抓了起來，怎麼一點消息都沒聽到呢？」

傅華說：「那是因為安部長還有些顧慮，現在還沒對齊隆寶採取行動呢。」

「那他要等到什麼時候啊？」鄭老問。

傅華說：「他希望我把證據散佈出去，然後借助輿論壓力，迫使高層不得不對齊隆寶採取行動。」

鄭老沉吟了一下說：「這個安部長真是夠滑頭的，這麼做，壓力就會轉嫁到你身上了。」

傅華說：「我知道，但是我跟齊隆寶已經是勢不兩立了，所以就算明知安部長在利用我，我也不得不被他利用。」

鄭老說：「我知道你不得不這麼做，但是你可要有心理準備，你這麼做後果的嚴重性可能要遠遠超出你的預想。首先，齊隆寶如果上了軍事法庭的話，很有可能會被判死刑，魏立鵬極為寵溺他這個兒子，如果齊隆寶被判死刑，魏立鵬老年喪子，對他是極大的打擊。」

傅華為難地說：「這也沒辦法啊，總不能為了保護魏立鵬，就放過齊隆寶了吧？」

鄭老沉吟道：「但是如果這件事能秘密進行的話，魏立鵬雖然會遭受打擊，勉強還能承受；但是如果你把這件事情給公開了，那他就完蛋了，因為魏立鵬是個極愛面子的人，把他兒子賣國的事公開，讓國人都知道他有這樣一個兒子，他會感到極為羞愧的，愧疚感再加上喪子之痛，他年歲已高，身體又有病，恐怕很難熬得過這一關。」

鄭老這麼說，讓傅華意識到鄭老說的後果嚴重在什麼地方了，如果只是簡單地懲治齊隆寶，魏立鵬不出什麼事的話，魏立鵬的人馬會考慮到齊隆寶畢竟犯下了叛國重罪，雖然也會對他有所不滿，但會認為他情有可原；然而要是魏立鵬出了什麼事，甚至送掉性命的話，魏立鵬的人馬一定會對他恨之入骨的，魏立鵬做過很多重要部門的首長，門生故舊遍天下，這幫傢伙要是成為他的敵人，那後果真是很可怕。

但這時，傅華已經不能退縮了，形勢也不允許他退縮，苦笑說：「爺爺，我明白你的意思，但是就算後果再嚴重，我也只能硬著頭皮扛下來。」

這時老太太從外面走了進來，對傅華說：「傅華，我剛才在外面看你不情願給冷子喬打電話，似乎你還不太想接受她啊？」

傅華說：「奶奶，我上次不是跟您說過了嗎，我跟她不合適的。」

鄭老聽了說：「傅華，這我可要說你了，有什麼不合適啊，不就是她和你的年紀差距有點大嗎？這沒什麼的，冷子喬是個很好的女孩，她又那麼喜歡小瑾，你娶了她，一定會很幸福的。」

傅華說：「她是喜歡小瑾，可是她不喜歡我啊，我跟她其實是裝出來的男女朋友。」

傅華就把他和冷子喬的事原原本本的跟鄭老夫婦說。

老太太聽完，說：「傅華，我倒覺得你很有機會，小瑾是一個你接近她的好機會，只要你抓住這個機會纏住她不放，好女怕纏男，纏來纏去，她就會被你纏成老婆的。」

「奶奶，」傅華不禁說道：「你是不是真的希望我跟冷子喬能夠成為一對啊？」

「當然啦，」老太太說：「我這是為了小瑾，我希望小瑾能夠過得快樂。如果他能有一個喜歡他的後母，那你和小莉的離婚對他的傷害就會小很多了。」

老太太這麼說，讓傅華心裏有些不好受，抱歉地說：「奶奶，是我不好，沒能給小瑾一個完整的家庭。」

老太太開明地說：「傅華，我從來沒有怪你的意思，人的感情是很複雜的，不能說誰就是對的，誰就是錯的，我只希望你能放開過去，大膽的去追求新的幸福，別給自己製造一些像年齡啊、身分啊等等不必要的障礙。你經歷過那麼多事，生死關頭都闖過了，應該更豁達而不是更保守才對啊。」

傅華愧疚地說：「我會的奶奶。」

老太太沒好氣地說：「你會不會我是不管了，不過，有件事你可必須要給我做到。」

傅華說：「什麼事啊？」

老太太說：「那就是你一定要打電話給冷子喬，讓子喬來陪傅瑾玩。」

傅華為難地說：「奶奶，我跟冷子喬這場戲已經到了落幕的時候，這時候再讓她來不好吧？」

老太太責備說：「你為難就不要騙小瑾啊，我可不想小瑾因為見不到子喬而不快樂。要不你現在就去跟小瑾說，你這個做爸爸的是在騙他，其實根本就沒打算要打電話給他的子喬姐姐？」

傅華不想面對兒子失望的眼神，只好答應說：「那我還是打電話給她吧。」

老太太哼了聲說：「這還差不多。」

從鄭老家出來，傅華就撥通冷子喬的電話，既然答應了老太太，他就要做到，就算會讓冷子喬誤會，他也不得不這麼做啦。

冷子喬接了電話，冷冷地說：「傅華，你找我有事啊？」

冷子喬說話的語氣冷淡而且平靜，讓傅華不禁愣了一下，以往冷子喬跟他說話都很熱情爽朗，怎麼突然變成這樣了？

不過傅華也不想去探究原因，就說：「是這樣，我剛才在爺爺那裏，傅瑾跟我說他想見你，想要你去陪他玩。」

「哦，」冷子喬沒勁兒地說：「我知道了。」

傅華納悶的問：「冷子喬，你怎麼了，沒出什麼事吧？」

「我沒怎麼了，」冷子喬依舊冷淡地說：「我挺好的啊。」

傅華說：「我怎麼覺得你今天有點怪怪的啊，以往你不是這樣子的，怎麼了，你是不是生病了？」

冷子喬回嘴說：「我生不生病關你什麼事啊？我跟你很熟嗎？」

傅華被嗆了一下，想想他也確實沒跟冷子喬很熟，便說：「我沒別的意思，只是想問問你能不能去見小瑾，他可是很想你的。」

「你這個人怎麼這麼囉嗦啊，我都跟你說我知道了。」冷子喬說完，啪地一聲就扣了電話。

聽著電話傳來的斷線聲，傅華心裏居然有些悵然若失的感覺，當冷子喬嘰嘰喳喳圍著他的時候，他心裏並沒有特別的感覺。現在她給他臉色看時，他才意識到他其實很喜歡冷子喬纏在他身旁的那種感覺。

傅華覺得這並不是他喜歡上冷子喬，而是男人的虛榮心在作怪。一個年輕漂亮的女孩圍繞在身邊，會讓男人的心理得到極大的滿足感，因為那證明了他在女人面前還是很有魅力的。

原來自己也是這樣子淺薄，傅華不禁搖了搖頭，不管怎麼說，雖然他和冷子喬的結局並不美妙，但是這件事總算是結束了，他現在要考慮的不是冷子喬如何，而是要怎麼去哄好傅瑾。幸好小孩子總是健忘的，也許過一段時間，他就會忘記他的子喬姐姐了。

晚上，羅茜男家中。

臥室裏，兩具熾熱的身體緊緊地貼在一起，傅華的雙手在羅茜男光滑健美的後背上游移著，嘴唇親吻著羅茜男白皙的脖子，沿著脖子又親到她柔軟的耳垂上。

羅茜男感覺身子越來越酥軟，兩頰滾燙，呼吸也變得越來越急促，短兵相接，戰鬥進入到白熱化階段，兩名戰士在床上翻滾著，互相都想控制住對方，而後共同到達快樂的頂點，最後再慢慢地平靜下來。

傅華摟緊她說：「羅茜男，找個時間我把我兒子帶出來，大家一起去遊樂場玩吧？」

傅華這麼說，是希望羅茜男接觸他的家人，融入他的生活，也想讓羅茜男能夠取代冷子喬，成為傅瑾的玩伴。

沒想到羅茜男卻搖搖頭說：「千萬別，傅華，你別勉強我，我很討厭小孩，如果你非要勉強我跟你兒子在一起玩的話，我會很不自在的。」

傅華詫異地說：「你怎麼會討厭小孩子呢，他們很可愛的。」

羅茜男一副厭惡的表情說：「我從來都不覺得他們可愛，他們老是髒兮兮的，想想我都覺得渾身不自在。」

羅茜男的排斥，讓傅華有些無語的感覺，不過他也沒辦法去責怪她，他早知道這個女人就是這種個性，只好說：「既然你不喜歡，那就算了。」

羅茜男看出傅華有些不太高興，不過她並不是那種願意委屈自己去哄男人的女人，因此直接轉移了話題，說：「誒，傅華，我跟黃董講了你在洛杉磯發生的事，黃董對他介紹給你的朋友竟然出賣你，感到十分歉疚，讓我對你說聲抱歉，他一定會讓周安強得到應有的報應的。」

傅華說：「其實沒必要了，周安強面對的勢力那麼強大，他屈服也是為了自保。」

羅茜男氣憤地說：「話不能這麼說，黃董一定要給周安強嚴厲的懲罰，如果背叛他的人都不受懲罰，他還怎麼來管理他的屬下啊。」

傅華說：「他怎麼去懲罰周安強我不管，重點是我讓你請他幫忙曝光齊隆寶的事，他是怎麼說的？」

羅茜男笑笑說：「他一口就答應了下來，光碟的內容我已經發給他了，他說他一定會安排香港最有影響力的媒體曝光這件事的，明天就應該會報導出來，你到時候留意一下吧。」

第二天一上班的時候，雷振聲就來到傅華辦公室。

傅華看到他，說：「振聲同志，你來得正好，小羅已經把市裏面要把你調回去的事跟我說了，你看這兩天什麼時候有空，駐京辦給你開個歡送會。」

雷振聲苦笑說：「謝謝主任，我來就是跟您說這件事的，如果這邊沒什麼事的話，我想儘快回海川去。歡送會什麼的就沒必要了，我也沒給駐京辦做什麼貢獻，還給您添了不少的麻煩。」

傅華說：「話不能這麼說，你還是幫駐京辦做了不少工作的。這樣吧，回頭我讓小羅去安排一下，就今晚，找個酒店給你開歡送會吧。」

雷振聲順從地說：「那我就聽從主任您的安排。您忙吧，我先出去收拾東西了。」

傅華點點頭，放雷振聲離開，然後打電話給羅雨，交代羅雨安排晚上歡送雷振聲的宴會，並讓羅雨儘量安排好一點，讓他走的時候體面些。

十點鐘的時候，胡瑜非打電話來，說：「誒，傅華，你這傢伙不夠意思啊，從美國回來也不知道過來看看我。」

傅華笑笑說：「我剛回來，正想等手頭的事處理完了，就馬上去看您呢。」

傅華就去了胡瑜非的家，胡瑜非看到傅華來了，指了指桌上的電腦，說：「傅華，你跟我說一下，這是怎麼一回事啊？」

胡瑜非電腦螢幕上顯示的正是香港快報的網頁，頭版標題是大陸高層之子被美國間諜招募內幕。就說：「胡叔，這不是報導齊隆寶的嗎？怎麼了？」

胡瑜非說：「我知道是報導齊隆寶，問題是它是怎麼出現在香港媒體上的？是不是你搞的鬼啊？」

傅華點點頭，承認說：「是，這篇報導是我找人捅出去的。安部長說要搞齊隆寶的話，他的壓力很大，想讓我先製造一下輿論。」

「你啊，」胡瑜非埋怨說：「做這件事之前怎麼不先跟我說一聲呢？你要知道，你這麼做，魏立鵬的人一定會把這筆帳算到志欣頭上的，他剛剛穩定下來的局面，叫你這麼一搞，又要亂上一陣子了。」

傅華抱歉地說：「對不起啊，胡叔，我沒想到這一層。」

胡瑜非嘆說：「現在事情已經被你搞成這樣了，對不起有什麼用啊？你如果早告訴我，我可以有另外一種做法，不一定非要在媒體上曝光的。你這麼一搞，是逼著魏立鵬非跟我們敵對不可了。」

胡瑜非這麼說，傅華心裏就有些不太高興了，他明白胡瑜非說的另一種做法是什麼，無非是拿著這些證據去跟魏立鵬交易，那樣楊志欣和胡瑜非可以從中撈取很大的好處，最終承受後果的卻是他。

傅華就含蓄地說：「胡叔，沒事先跟您說是我不對，但是不管怎麼樣，我是不會再去跟魏立鵬做什麼交易的；對敵人，要打就要打死，只要給他任何喘息的機會，吃虧的就是自己了。」

傅華雖然說得很客氣，但是心中的怨念卻表達的相當清楚，胡瑜非聽了就有些不太自在，正是因為他和楊志欣妥協，才導致相關部門始終沒有啟動對齊隆寶的調查，也造成傅華被綁架。

胡瑜非窘迫地說：「傅華，是我欠考慮了，也許你這麼做才是對的吧，我光去考慮志欣的利益了，就忽視了你的感受。」

胡瑜非的認錯，讓傅華也有些不好意思起來，不知道該跟胡瑜非說什麼好，屋內的氣氛便顯得十分尷尬。

第四章
擋箭牌

冷子喬說：「其實我是在拿你當擋箭牌，
我媽生意上一個夥伴的兒子一直在追求我，
正好胡夫人說起你，我聽了你的經歷還挺有意思的，
又想到這也許是一個擺脫我媽嘮叨的辦法，
便插嘴說我對你很感興趣。」

幸好這時胡夫人走了來，看到傅華責備說：「傅華，你怎麼回事啊？你怎麼可以那樣對子喬呢？人家不嫌你年紀大離過婚還有孩子，還委屈自己去幫你照顧兒子，多好的一個女孩啊，你怎麼還對人家那麼冷淡啊？」

傅華被胡夫人一通批評罵得有些糊塗，陪笑著說：「阿姨，您先別生氣，有什麼話慢慢說。子喬跑來向您訴苦啦？」

胡夫人抱不平地說：「子喬倒是什麼話都沒講，是她媽來找我，說她女兒跟你在一起已經夠委屈的了，偏偏你還對子喬愛理不理的，真是不知好歹。」

傅華叫屈說：「這可就有點冤枉我了，我沒有對她愛理不理的啊。」

「你怎麼沒有對人家愛理不理啊？」胡夫人說：「你去美國也不跟人家打個招呼，回來了又不去找她，搞得她還要從別人嘴裏知道這些情形，這難道不是愛理不理嗎？傅華，有你這麼做人家男朋友的嗎？你知道這會讓一個女孩子多沒面子啊？」

傅華大概猜到事情的緣由了，一定是寧慧告訴冷子喬的媽媽他回國了，冷子喬的媽媽才知道他的行蹤都沒跟冷子喬說。冷子喬的媽媽本來就反對女兒跟他交往，他又這樣不把她放在心上，自然會為女兒抱屈了。

傅華心想：冷子喬母女二人對他有沒有看法，對他來說都無關緊要，反倒覺得這是跟胡夫人說明的好時機。傅華就看了看胡夫人，說：「阿姨，這件事確實是我做得不好。不過我跟子喬好像還是有些隔閡，相處的也不是很好，要不……」

「等等！」胡夫人沒讓傅華把話說完，直接打斷了他的話說：「傅華，你是想要跟子喬分手是吧？你怎麼可以這樣啊？我從來都不知道你這麼無情，人家女孩子那麼對你，那麼對你兒子，難道你心裏就一點不感動嗎？」

傅華暗自苦笑了一下，有些後悔不該跟冷子喬上演這場假鳳虛凰的戲碼，搞到現在他在胡夫人眼中成了一個無情無義的男人。

胡夫人繼續說道：「你的心怎麼這麼硬啊？傅華，我不管，要分手你自己跟子喬說去，我可開不了這個口。」

胡瑜非也幫腔說：「傅華，這件事我也覺得你做得實在差勁。冷家那個女孩我也見過，人長得漂亮不說，個性活潑大方，是個很好的女孩。剛才聽你阿姨說，她還去幫你照顧兒子，現在的女孩哪還有這樣的啊，人家一聽你還有個孩子，都會躲著你走的，所以你這是撿到寶了，知道嗎？」

胡夫人附和說：「是啊，傅華，這樣的女孩打著燈籠也難找，你為什麼還要跟她分手啊？你可別說是舊情難忘啊，你早就該往前看了。」

傅華無奈地說：「阿姨，我自始至終也沒說過子喬一句不好啊，原因不在她身上，是我覺得自己配不上她。您就別管這事了，我自己來處理好不好？」

「不好，」胡夫人堅持說：「你告訴我，你怎麼處理能不傷子喬的心？我真是有些後悔把你介紹給子喬了，你這樣讓我覺得很對不起我的老朋友啊。」

傅華說：「阿姨，我跟你保證，我一定會把這件事處理得很完美的，不會讓子喬傷心，這樣總可以了吧？」

胡夫人懷疑的看了傅華一眼，說：「你真的能做到這一點？我跟你說傅華，子喬的媽媽是我幾十年的老朋友了，如果因為這件事讓我們倆鬧得不愉快，可別怪我以後不給你好臉色看。最好你們還是繼續交往下去，不過你要對子喬好一點。」

傅華保證說：「阿姨，您就讓我來處理吧，要是處理不好，以後我就不來見您了。」

胡夫人嘆了口氣，說：「好啦，隨便你了。」

這時胡瑜非桌上的電話響了起來，是楊志欣打來的，胡瑜非接通了，說：「志欣，什麼事啊？」

楊志欣語氣嚴肅的說：「瑜非，香港那篇報導是怎麼回事啊？是不是傅華玩出來的把戲啊？」

胡瑜非說：「是的，傅華承認這件事是他搞的，因為安部長希望他製造輿論，才好對齊隆寶採取行動。」

楊志欣埋怨說：「這個安部長，怎麼能夠給傅華出這種餿主意啊，別人不知道這麼做的嚴重性，他還不知道嗎?!瑜非，你趕緊告訴傅華，這篇報導千萬不要承認是他搞的把戲。」

「行，我會告訴他的。怎麼，出了什麼事嗎？」胡瑜非問。

「魏立鵬病了，而且還病得十分嚴重……」楊志欣沉重地說。

胡瑜非驚訝地說：「怎麼會這麼巧，這個報導一出來他就病了，不會是裝病吧？」

楊志欣說：「不是裝病，報導一出來，高層十分的震怒，嚴厲地批評了安部長，說他沒有及時查出這件事，要求安部長立即對齊隆寶採取措施，結果安部長要去抓人的時候，齊隆寶卻失蹤了。」

「齊隆寶失蹤了？」胡瑜非叫說：「這怎麼可能？安部長不是一直都安排人盯著齊隆寶的嗎？」

楊志欣說：「是有人盯著齊隆寶，不過齊隆寶很狡猾，昨晚他讓朋友去看望他，然後跟朋友互換了衣服，化裝成朋友的樣子逃離了研究中心。」

胡瑜非擔心地說：「他逃走，那傅華豈不是很危險？」

楊志欣分析說：「照理說齊隆寶應該不會去找傅華的，因為他現在逃命為上，所以傅華這邊倒不那麼令人擔心；最令人擔心的是他可能逃入美國大使館申請政治庇護，安部長說很可能是那個美國間諜協助齊隆寶叛逃的。」

胡瑜非咋舌說：「這麼嚴重啊？」

楊志欣說：「是啊，魏立鵬就是知道這個情況後，又羞又怒，然後心臟病發被送醫急救的。我這就要去醫院看望他。」

楊志欣去醫院看望魏立鵬，自然是在撇清跟香港那份報導的關係，胡瑜非就說：「那你趕緊去吧。」

掛了電話，胡瑜非對傅華說：「你聽到了吧，齊隆寶跑了，這次安部長恐怕是偷雞不成反蝕把米了。如果齊隆寶真的逃入美國大使館的話，追究起責任來，他是首當其衝的。不過這樣對你反而有利，因為齊隆寶犯下的罪責越大，越是證明你跟他的鬥爭是正確的；齊隆寶的罪越大，魏立鵬就越抬不起頭來，也就不敢對你採取什麼公開的打擊報復措施了。」

傅華苦笑說：「我倒寧願相關部門能夠把齊隆寶早日逮捕歸案，他潛逃在外一天，對我來說就是個不安的因素。」

胡瑜非思索說：「這倒也是，既然你意識到這一點，那在齊隆寶之沒被抓到前，你真是要小心些了。」

傅華說：「我明白，那胡叔，沒什麼事的話，我就回去了。」

胡瑜非說：「行啊，你回去吧。」

胡夫人說：「誒，傅華，別忘了把子喬的事給處理好啊。這種事可不能拖，越拖越麻煩。」

傅華說：「行，我會儘快處理的。」

傅華離開胡家，趕忙打電話給羅茜男。

一聽說齊隆寶跑了，羅茜男叫了起來：「什麼，這都能讓他給跑了？安部長那幫人也太無能了吧？」

傅華說：「你先別管他們無能不無能了，你先加強一下自己的保安，別讓齊隆寶有機可趁。」

羅茜男冷笑一聲，說：「就算他不來找我，我也會去找他的！只要一想起我們在黑屋子裏受的罪，我心裏就恨得要命，我一定要把他給揪出來，也讓他吃點苦頭才行。」

傅華開玩笑說：「其實他也不是一點好事沒做啊，沒有他，我也就享受不到你美妙的身體了。」

羅茜男笑了起來，說：「你這個壞蛋，什麼時候都不忘拿我尋開心，不理你啦，我要趕緊部署人去把齊隆寶給揪出來了。」

羅茜男掛了傅華的電話，傅華就趕忙打給冷子喬，胡夫人說的對，這種事不能拖，越拖越麻煩。

冷子喬接了電話，依舊是很冷淡的說：「找我什麼事啊，不會又是想跟我說小瑾想見我了吧？」

「不是，我想請你吃飯，不知道你中午有沒有空？」傅華示好地說。

「請我吃飯？」冷子喬有些驚訝的說：「今天你是怎麼了？怎麼想起請我吃飯了呢？」

傅華說：「也沒什麼特別的理由，就是想謝謝你去看小瑾。」

冷子喬聽了說：「我知道你的意思了，是不是你跟我說過小瑾想我之後，我並沒有去看他，你想借此來提醒我啊？我跟你說，你不用那麼費勁，我會去看小瑾的，不過要等到週末，這段時間我請假的次數不少，我媽對我已經有意見了，所以只能等到週末。」

傅瑾只是個藉口，傅華真正的目的是想跟冷子喬說不要再繼續扮演什麼男女朋友了，就說道：「我並沒有催你去看小瑾的意思，單純就是想請你吃頓飯，怎麼樣，賞個臉吧？」

「不賞，」冷子喬直接拒絕了：「我這個人做事要看心情，我不會跟那些令我討厭的人一起吃飯，那樣我一定會倒胃口的。」

傅華笑了，他還真是拿這種任性的女孩沒轍，只好說：「好吧，我承認我從美國回來沒跟你說一聲，是對你不夠尊重，對不起。」

「沒必要，」冷子喬高傲地說：「我們又沒有什麼特殊的關係，你從美國回不回來都與我無關，你跟我說對不起，我可承受不起。」

「難道不是因為這件事嗎？」傅華這回真的有點搞不清楚狀況了，他想不出還有什麼地方得罪過冷子喬，不禁問道：「那我是怎麼得罪了你，讓你突然對我變得這麼冷淡啊？」

冷子喬說：「傅華，你太自作多情了，我跟你說過了，你和我沒有什麼特殊的關係，你的事情都跟我無關；我冷淡並不是因為你，而是我自己心情不爽，這樣也不行啊？」

傅華被冷子喬搞得有點哭笑不得，說：「行，你愛怎麼樣都可以。只是有件事我跟你說明一下，我已經跟胡夫人說了，我們這段時間相處並不融洽，所以決定結束這段關係。」

「你請我吃飯就是為了告訴我這個嗎？你憑什麼去跟胡夫人這麼說啊？」冷子喬嚷了起來。

傅華無辜地說：「冷子喬，這不是我們事先說好的嗎？」

冷子喬說：「我們什麼時候說好的？」

傅華說：「你那天不是在電話裏跟我說，我們先裝著交往一段時間，然後你就會去跟胡夫人講，發現我有很多不好的地方，所以不跟我交往了。」

冷子喬說：「對啊，我是這麼說了，但是決定要不要交往下去的人可是我，不是你，你憑什麼來決定終止交往啊？」

冷子喬的無理取鬧，讓傅華再也忍耐不下去了，說：「冷子喬，這不是在扮家家酒，你別再胡攪蠻纏了，反正我已經跟胡夫人說了，這件事就到此為止，就這樣吧。」

「你，你欺負人！」冷子喬說著，哇地一聲哭了起來。

這一哭把傅華搞懵了，心說這都是哪跟哪啊，但是傅華又不能不管不顧，他可是答應胡夫人要把這件事處理好的，冷子喬這個樣子，他怎麼說也不能置之不理。

「喂喂，」傅華說道：「冷子喬，你別哭啊，有話好說嘛。」

冷子喬卻根本就不理會傅華，依舊哭個沒完。

傅華的頭大了，安撫說：「冷子喬，你先停下來別哭好不好，如果你非要堅持由你來跟胡夫人說這件事，也行，你就當我剛才的話沒說過，你再去跟胡夫人說一遍就是了。」

「不行，」冷子喬抽噎著說：「你明明跟胡夫人說過了，我再去說很沒面子。」

傅華苦笑著說：「那你想要我怎麼辦啊？」

冷子喬抽噎著說：「除非你去跟胡夫人說，說你經過再三考慮，覺得我還是很好，所以決定繼續跟我交往下去，然後等過一段時間，我再去跟胡夫人說我們要分手。」

傅華聽冷子喬拿出這樣一個讓人傻眼的主意，忍不住說道：「冷子喬，這樣子折騰來折騰去的有意思嗎？你成熟一點行不行啊？」

「明明是你錯了，居然還來責備我？」冷子喬說著，又大哭了起來。

這時傅華實在沒有耐心再去哄冷子喬了，直接的掛斷了電話。

不過掛斷電話後，他心中又有些不安，擔心冷子喬追過來責備他；二來，他也擔心她會向胡夫人告他的狀。好在過了很久電話也沒有再響起，看來冷子喬是不會再來找他麻煩了，讓傅華鬆了口氣。

晚上，傅華和王海波坐在酒店的大廳裏，他們在等候羅雨、雷振聲、林東等人的到來。羅雨訂了這家酒店歡送雷振聲，傅華和王海波來早了。

這時，兩個女人邊說笑著，從旋轉門走進了大廳。傅華不禁愣了一下，這世界還真是小，怎麼會在這裏遇到她呢？原來進來的其中一個女人竟是冷子喬。

冷子喬依舊是打扮得青春靚麗，臉上掛著開心的笑容，看起來根本就不像曾經大哭一場的樣子。

冷子喬看到傅華也愣了一下，不過隨即向傅華走了過來。此刻就算傅華想不去理會冷子喬也不可能了，他只好站起來，迎上去說：「這麼巧啊。」

冷子喬說：「是啊，真是很巧，你來這裏幹嘛？」

傅華說：「有一個同事要調回市裏，我們在這裏給他開歡送會。你來這裏幹嘛？」

「我來幹嘛，當然是來吃飯啦，」冷子喬指著身旁的女人說：「來，我給你介紹一下，這是我媽媽寧馨。媽媽，這就是傅華。」

傅華不禁打量起這個女人，寧馨也是個很漂亮的女人，模樣跟寧慧、冷子喬大致上差不多，但是顯得更成熟，眼光更銳利。此刻她正用審視的目光盯著傅華。

傅華被看得有些不自在，不過禮貌上他應該打聲招呼，便伸出手來，說：「您好，阿姨，很高興見到你。」

寧馨說了聲你好，然後手沾了一下傅華的手就鬆開了，感覺對傅華很有防備。傅華心想：他和冷子喬都已經恢復成普通朋友的關係了，怎麼寧馨還是一副擔心他偷走她女兒的樣子呢？

傅華看了一眼冷子喬，沒想到冷子喬這時上前一步，伸出手親熱的挽住他的胳膊，說：「誒，傅華，你可別忘了，我們說好這個週六一起帶著小瑾去遊樂場玩的。」

傅華愣了一下，不知如何回應是好，就看到冷子喬衝著他眨眼，便不好當面拆穿她，順著說：「說好的事我怎麼會忘呢？」

冷子喬見傅華沒有拆穿她，甜甜地笑說：「你沒忘就好，記住啊，週六九點鐘的時候來我家接我，你要是睡懶覺睡過頭，小瑾不高興了，你可別怪我啊。」

冷子喬這是在進一步製造兩人關係很親密的假象，傅華便也配合著說：「你放心，我一定準時到的。」

這時羅雨和雷振聲到了，傅華就和冷子喬母女各自去訂好的包廂。

這場晚宴還算愉快，雷振聲並沒有因為鎩羽而歸而感到傷感，反倒有一種解脫的輕鬆。傅華也被鬧騰的多喝了幾杯，回到家，躺到床上就呼呼大睡起來。

早上起來，傅華查看手機，看到他熟睡時冷子喬打過幾次電話來，就把電話撥了回去。

電話響了好一會兒才被接通，就聽冷子喬不耐煩地嚷道：「誰啊，這麼早打電話來吵人？」

看情形冷子喬還沒起床，傅華故意逗弄她說：「冷子喬，是我，傅華，快九點了，你怎麼還沒起床啊，不是說我九點鐘就要去接你，帶傅瑾去遊樂園玩的嗎？」

「什麼?!」冷子喬驚叫說：「你要過來接我？慘了，我忘了今天是……咦，不對啊，今天明明是星期五啊。」

傅華笑了起來：「哦，是嗎，原來今天不是星期六啊。」

冷子喬這才發現傅華是在跟她開玩笑的，生氣地說：「喂，大清早的就來吵人清夢可是很不道德的，好了，我睏得要死，我要掛電話了，有什麼話回頭再說。」

傅華忙說：「誒，別掛啊，你昨晚打電話給我幹嘛啊？」

冷子喬不耐地說：「什麼事我現在想不起來了，回頭等我睡醒了再給你電話吧。」

說完，就掛了電話。

傅華無奈地笑了一下，現在這些女孩子，真是太自我為中心了。

傅華正要把手機收起來，起床好準備上班，手機突然響了起來，顯示的是一個陌生的號碼。

「你好，我是傅華，您哪位。」

對方呵呵笑了起來，說：「我啊，齊隆寶。」

傅華驚訝的說：「齊隆寶，你真夠大膽的，這時候你還敢打電話給我，難道你不怕有關部門追蹤到你的下落嗎？」

齊隆寶有恃無恐地說：「我當然不怕啦，因為我現在已經在美國大使館裏面了，安部長就算知道我在這裏，也沒有膽量進來抓我的。」

傅華哼了聲說：「難怪你會這麼囂張。」

齊隆寶得意地說：「我就這麼囂張，你能拿我怎麼樣啊?!傅華，我覺得你真是好笑，費了那麼多的心機，還差一點把命送掉，為的就是把我整死，可是結果呢，我還不是依舊逍遙法外？過幾天大使館幫我把手續辦好，我就可以去美國享受好日子了。」

傅華說：「原來你打電話來就是為了氣我啊？」

齊隆寶說：「是啊，你不是要獵殺我嗎？現在你來獵殺我試試啊？」

傅華說：「齊隆寶，你也不用那麼高興，你知道你父親因為你潛逃的事已經住院了嗎？」

齊隆寶說：「我知道，大使館的人跟我講了。」

傅華質問道：「既然你知道，那你就應該明白，如果你向大使館申請政治庇護的話，你父親一定會受到更重的打擊，你覺得他的身體能夠承受得住嗎？」

齊隆寶沉默了一會兒，說：「我知道這麼做肯定會給他老人家很大的傷害，不過我現在自顧尚且不暇，也顧不上他了。」

傅華忍不住教訓說：「你可真夠冷血的，你父親那麼寵愛你，到最後你卻背叛了他一輩子的信仰，在他年老體衰的時候，給他致命的打擊！就算你真的去了美國，難道你就會快樂嗎？所以我勸你還是及時懸崖勒馬，不要做出這種背叛親人和國家的事。」

齊隆寶破口大罵道：「傅華，你這個混蛋，這不都是你害我的嗎？要不是你追到美國去，我會像現在這樣狼狽嗎？你等著吧，這件事還沒完，我去美國之後，會想辦法找人收拾你的。」

傅華無畏地說：「齊隆寶，你先別囂張，等你真的去了美國再說吧。」

傅華匆匆掛了電話，想趕快通知安部長，趕緊想辦法把這隻困獸給留在國內，他便立即打給馬勇，說：「小馬啊，我剛剛接到齊隆寶的電話。」

馬勇說：「我們已經掌握這個情況了，現在安部長正在跟相關部門溝通，確保不讓齊隆寶逃出國內。」

傅華說：「有把握嗎？」

馬勇嘆說：「沒有，大使館那邊保護齊隆寶的態度很堅決，要把他留在國內的把握並不大。」

傅華想了想說：「那能不能讓魏立鵬出面勸勸他的兒子呢？」

馬勇說：「高層對此態度不一，魏立鵬現在身體狀況極差，齊隆寶逃到大使館的事現在還沒人敢跟他說，擔心跟他說了的話，會造成生命危險。」

傅華質疑說：「那怎麼辦，就這麼放走齊隆寶嗎？」

馬勇說：「現在我也不知道高層會怎麼解決這件事，你也別管了，到這個層次，已經不是你我可以干預的了。」

傅華無奈地說道：「行，那我就不管了，不過，如果有什麼最新情況麻煩跟我說一聲。」

馬勇爽快地說：「行啊。」

結束通話，傅華吃了早點，就去駐京辦。

快到中午的時候，冷子喬打電話來，說：「傅華，我決定接受你請吃午飯的邀請了，你打算在什麼地方請我啊？」

傅華說：「喂，冷子喬，我的邀請是昨天的事，而且你也拒絕了，怎麼今天又要接受了呢？」

「你不知道女人是善變的嗎？」冷子喬笑笑說：「好啦，如果你不想請的話，那我請你好了，一頓飯我還是請得起的。」

傅華想想也犯不著跟冷子喬計較那麼多，就說：「還是我請你吧，說吧，想吃什麼？」

冷子喬說：「吃牛排吧，我有段時間沒吃牛排了。」

到了約好的地點，冷子喬倒也不客氣，直接就點了最貴的牛排和龍蝦。吃了一會兒之後，傅華說出心中的疑問：「冷子喬，我看得出來你媽並不喜歡我，你為什麼不告訴你媽，我們已經不是男女朋友了呢？」

冷子喬調皮地看著傅華，說：「如果我說我喜歡上你了，你信嗎？」

傅華搖搖頭說：「別逗了，也許你覺得耍我挺好玩的，但是你絕對不會喜歡上我這個對你來說已經有點老的男人的。」

冷子喬笑說：「算你還有點自知之明。這確實不是真正的理由。」

傅華說：「那真正的理由是什麼？」

冷子喬解釋說：「其實我是在拿你當擋箭牌，我媽生意上一個夥伴的兒子一直在追求我，但我看不上他，偏偏我媽卻很喜歡他，一直拼命撮合我們，總在我耳邊念叨他有多好，煩都煩死了。正好有一次胡夫人也在，胡夫人就說起你，問我媽有沒有合適的女孩子可以介紹給你，我聽了你的經歷還挺有意思的，又想到這也許是一個擺脫我媽嘮叨的辦法，便插嘴說我對你很感興趣。」

傅華說：「這麼說，胡夫人原本並不是想把你介紹給我的？」

冷子喬說：「是啊，你這麼差的條件她怎麼可能介紹給我嘛，是我主動提出她才同意的。後來我們見面之後，我看你這個人還不討厭，就想能不能多利用你一段時間，正好你又主動提出讓我幫你在胡夫人面前掩飾，我就決定將計就計。」

傅華不禁說道：「原來你一直在利用我啊。」

冷子喬坦白地說：「是啊，不過有一點我要聲明，我對小瑾是真心喜歡的，可沒有要利用他的意思。」

傅華說：「這點我相信你，我知道你對小瑾是真情流露的。不過，這樣下去也不是辦法啊，我們總不能這麼一直演戲下去吧？」

冷子喬說：「當然不能啦，原本我是想跟你假裝交往一段時間，追我的那個人看這邊沒戲了，就會另找別的女孩去了，沒想到被你這傢伙瞎搞胡搞，反而把事情給弄複雜了。」

傅華叫屈說：「這關我什麼事啊？」

冷子喬抱怨說：「當然關你的事啦，既然你答應假扮我的男朋友，就應該扮得像一點才對，結果你卻是一副根本不把我當回事的樣子，我媽看到這種情形，一方面心疼我，另一方面她覺得那個追我的人又有機會了，所以就又開始在我耳邊念叨那個男人怎麼怎麼好了。你說，這不怪你有怪誰啊?!」

傅華反駁說：「既然我演砸了，你何不換個人來演，這世界上的男人那麼多。」

冷子喬嘟著嘴說：「這世界的男人是很多，可是我還沒找到第二個像你這樣的傻瓜，能跟我在一起而沒有什麼歪念頭的，再說，也沒有人像你這樣子好騙啊。」

傅華故意嚇說：「你可別這麼想，我也是男人，很難說跟你相處久了，就不會對你有什麼想法，萬一我假戲真做，到那時候你恐怕就很難全身而退了。」

冷子喬看了看傅華，懷疑地說：「傅華，別吹牛了，你有那個膽量跟我假戲真做嗎？」

傅華笑了起來，說：「這個可就難說了，男人要是真色起來，可是什麼事都能做得出來的。」

冷子喬挑釁地說：「別的男人我不敢說，你嘛，我還真不信你有這個膽量。來，我們做個實驗吧，你過來吻我一下，我就相信你有這個膽量。」說著，眼睛一閉，做出一副誘人的索吻樣子。

傅華不禁有些蠢蠢欲動，就站起來，做出一副要去吻冷子喬的樣子。但是當他湊近冷子喬那雙嬌豔欲滴的嘴唇時，終究還是沒有膽量真的吻下去。

傅華坐了回去，笑說：「你贏了，冷子喬。」

冷子喬睜開眼睛，得意地說：「我就知道你這傢伙有賊心沒賊膽。」

傅華笑笑說：「冷子喬，我這可是為你著想，如果我真的吻下去的話，你恐怕就麻煩了。」

冷子喬說：「有什麼好麻煩的，如果你真的敢吻我的話，我會認真考慮是不是真的跟你交往的。」

傅華詫異地說：「不會吧，你不是說我的條件很差嗎？」

冷子喬說：「你的條件是很差，不過我很喜歡小瑾，為了小瑾，我會考慮一下的。」

傅華失笑說：「你這麼說讓我好沒面子啊。不過，我很奇怪，你為什麼會那麼喜歡小瑾啊？」

冷子喬說：「小瑾很可愛啊，再是我跟他有著相同的經歷，都是父母離婚的孩子，對他不自覺就有一種憐惜的感覺。傅華，你不明白，小孩子的心是很脆弱的，希望父母都能陪在身邊，離婚對孩子是一種心靈上的傷害。」

冷子喬不禁感慨地說：「傅華，小瑾很可憐，他的媽媽跟我媽情形差不多，忙著自己的事業，根本就顧不上他，爺爺奶奶年紀又那麼大，不太可能跟小瑾在一起玩。所以你要儘量多找時間去陪陪他。」

傅華自責地說：「叫你這麼說，我這個做父親的還真是不稱職，平常都在忙工作，只有偶爾在週末才去看看他，每次待的時間也不長，小瑾心中一定很失落。」

「你知道就好，其實我覺得你應該儘快再婚，然後把小瑾接過來，這樣才能讓小瑾快樂一點。」冷子喬忍不住說。

傅華嘆說：「哪有那麼容易啊，首先，我前妻很疼小瑾，她一定不願意把小瑾的監護權給我。其次，現在想要找到一個肯疼愛別人孩子的女孩是很難的，如果找不到這樣的人，對小瑾來說就不是一件好事了。」

冷子喬不以為然地說：「你前妻疼小瑾是假的，她要是真疼小瑾，就會把生活重心放在小瑾身上了。我去鄭老家看過小瑾兩次，兩次她都不在家，這樣的媽媽真的很難說是疼愛小瑾的。」

傅華為鄭莉辯解說：「這倒不是她不疼小瑾，而是她跟你媽一樣，是一個事業型的女人，不可能把重心都放在孩子身上的。」

這時，傅華的手機響了起來，是馮玉山的電話，就趕忙接通了。

「傅華，你上次說如果我有合適的證券人才可以向你推薦，這句話你是當真的嗎？」馮玉山說。

傅華說：「當然是當真的啦，不過合不合適我必須先考核一下。怎麼，馮董有人選要推薦給我？」

馮玉山說：「是啊，我這裏剛好有一個人選，他是一家證券公司的副總，因為跟老總存在著理念上的分歧，最近在公司做得很不愉快，就想換一家公司發展。」

「聽起來還不錯，他叫什麼名字啊？馮董看什麼時候合適安排我和他見一下面吧？」傅華聽了，說。

「他叫陳紀均，要見面的話，最好在週末，明天正好是星期六，你看是不是約他出來見見？」

「明天不行，明天我已經有安排了，這樣吧，星期天吧。」

馮玉山就跟傅華敲定了見面的時間和地點。

掛了電話，冷子喬說：「傅華，你要面試人嗎？」

傅華點點頭說：「是啊，熙海投資旗下有一家證券公司，我想找專業人員來打理。」

冷子喬問：「那到時候帶我去好不好？」

傅華面有難色地說：「冷子喬，我這是工作，不是去玩的。」

冷子喬說：「我知道是工作啊，我想去看看你工作時是什麼樣子，順便幫你看看這個人合不合適。」

「你要幫我看他合不合適？你懂證券這一行啊？」傅華質疑地說。

冷子喬搖搖頭：「我不懂，不過，這個人既然已經坐到證券公司的副總，專業能力應該沒太大的問題，所以你要考察的不是他的專業，而是這個人品性方面可不可用，這方面我倒是可以幫你留意。你就帶我去嘛，我肯定不會給你添麻煩的。」

傅華為難地說：「你倒挺好事的。可是這樣似乎對人家有些不尊重。」

冷子喬說：「這有什麼不尊重的，你就說我是你的助理，你帶著助理一起去面試，既顯示你的身分，又表示了對他的重視。」

傅華猶豫起來，他本來是打算帶湯曼去見這個陳紀均的，湯曼有證券業的經歷，可以幫他查核陳紀均的專業能力。

冷子喬看傅華猶豫不決，不高興地說：「誒，你這就不夠意思了吧？這又不是什麼大事，我跟你說，你如果不答應我，我明天就跟小瑾說你欺負我，讓他跟你算賬。」

傅華叫說：「喂，你居然拿兒子來威脅我？！好吧，算我怕你了，不過事先講好，你去可以，千萬不要胡亂講話。」

第五章

春色無邊

林雪平抱住王佳佳，鼻子嘴巴的亂親，
一邊去撕扯著王佳佳身上穿的睡衣。
王佳佳拿了一條白金項鏈之後，
這時也不嫌他滿身酒氣了，
配合著把身上的衣物給脫掉，
很快兩人就身無寸縷的倒在床上，
宿舍裏頓時春色無邊。

吃完飯，傅華回到駐京辦，就打了個電話給湯曼，說陳紀均要來面試的事，問湯曼了不了解陳紀均這個人。

湯曼說：「這個陳紀均我聽說過，是國衡證券的副總，業務上是把好手，算是證券業中挺有能力的一個人。這人如果能夠加盟金牛證券的話，對金牛證券的發展應該很有利的。」

傅華聽了說：「看來能力沒什麼問題，不過你幫我問問你哥，這個人的品性如何，我們想給金牛證券找一個掌舵的人，而不是一般的工作人員，光有能力是不夠的。」

湯曼說：「行，我打個電話給我哥問問。」

過了半個小時左右，湯曼的電話打回來，說：「傅哥，我哥說，這個陳紀均口碑還算不錯，可以信得過。誒，你什麼時候見他，我陪你去吧？」

傅華心說：我倒是想帶你去的，只是我已經答應冷子喬了，總不能面試的時候帶著兩個女助理吧？那樣子的話，譜也擺得太大了一點，就託辭說：「約的是星期日，你還是不要去了，你在金牛證券也忙了一個禮拜了，假日好好休息，我去見他就好了。」

週六，傅華去了冷子喬家。

冷子喬這次沒睡懶覺，早就準備好了在家裏等著他。因為要去遊樂場玩，冷子喬穿了一身名牌運動裝，嬌俏可人之外，又多了幾分颯爽，讓傅華不禁讚嘆青春真好。

寧馨也在家裡，看到傅華依舊是很冷淡，愛理不理的。

接了冷子喬後，兩人就一起去鄭老家，傅瑾遠遠地看到冷子喬，高興地喊著子喬姐姐，熱情地跑過來迎接她，冷子喬把他抱了起來，親暱的用鼻子跟小瑾磨蹭了幾下，笑說：「小瑾，這幾天想沒想姐姐啊？」

傅瑾說：「想，想很久了。」

冷子喬逗著小瑾說：「小瑾哪裏想姐姐了？」

傅瑾想了一下，說：「鼻子。」

在一旁的傅華被逗笑了，說：「小瑾，你搞錯了吧，想人是要用腦袋想，你怎麼會用鼻子想呢？」

傅瑾歪著頭說：「我就是用鼻子想的啊，我最喜歡姐姐跟我蹭鼻子的時候了。」

「小瑾，你真可愛，喜歡跟姐姐蹭鼻子啊，好，姐姐再跟你蹭一下。」就用鼻子跟傅瑾好一陣的磨蹭，傅瑾高興地咯咯直笑。老太太在一旁看著這一幕，也跟著高興地笑了起來。

離開鄭老家，傅華和冷子喬就帶著傅瑾去遊樂場玩，冷子喬像小孩子一樣陪小瑾瘋玩起來，兩人不時會發出銀鈴般的笑聲，傅華受到感染，心情也跟著歡暢起來。

一直玩到傍晚，三人才離開遊樂場，傅瑾瘋了一天，累到還沒上車，就在冷子喬的懷裏睡著了，直到鄭老家都沒睡醒。

到了冷子喬家，傅華停下車，感激地說：「冷子喬，今天真是謝謝你，讓小瑾玩得那麼開心。」

「你不用謝我，我也玩得很開心啊，別忘了明天來接我。」

傅華掉轉車頭準備回家時，馬勇打電話來，告訴傅華，齊隆寶已經被抓起來了。

傅華驚訝地說：「你們闖進大使館去了？」

馬勇說：「那怎麼可能，我們還是要遵守國際規範，是齊隆寶自己從大使館裏出來的。」

「自己出來的？」傅華納悶地道。

「對啊，這要歸功於魏老，他得知齊隆寶逃進大使館後，便抱病進大使館去見齊隆寶，說服他自首認罪；另一方面，我們也通過外交斡旋，給大使館施加壓力，兩方因素結合在一起，齊隆寶終於願意認罪。」

傅華鬆了口氣說：「那就好，總算沒讓齊隆寶逃脫成功。」

「齊隆寶是絕逃脫不了懲罰的。不過，魏老經過這番折騰，病情更加嚴重，現在正在病房裏搶救，能不能順利度過難關就難說了。」馬勇無限感慨地說。

傅華心中也有些無奈，想不到鬥到最後居然是這樣一個結果，不禁苦笑說：「魏老可真是被兒子害慘了。」

第二天上午，傅華再次去冷子喬家，這次冷子喬換了一身職業套裝，變身成一個漂亮的白領麗人了。

冷子喬看到傅華，就開玩笑說：「你來啦，請問傅董有什麼指示嗎？」

傅華笑著把公事包遞過去說：「冷助理，來，幫我拎著。」

冷子喬真的把傅華的公事包接了過去，說：「傅董，我已經準備好了，是不是可以出發了？」

傅華笑說：「可以啊。」

兩人去了約好見面的咖啡館，到了那裏，陳紀均還沒到。

冷子喬有些不滿地說：「這傢伙也是的，來應聘也不早點到，還要我們等他。」

傅華倒是沒太介意，說：「好了，子喬，我們先叫杯咖啡喝好了。」

過了一會兒，陳紀均到了，他看樣子四十幾歲，個頭不高，鷹鉤鼻，一副很精明的樣子。

陳紀均跟傅華握了握手，說：「你好傅董，馮董讓我過來見你。」

傅華介紹說：「你好陳先生，這位是我的助理冷子喬。」

冷子喬便和陳紀均握了握手，客套地寒暄了一下。

三人坐了下來，陳紀均點了咖啡，然後說：「傅董，我在網上搜索了一下，似乎你以前並沒有在證券業的經歷啊。」

傅華說：「是啊，我沒有從事過證券業，所以才想請專業人士幫我打理這家公司。」

陳紀均說：「中國的證券業可是很複雜的，沒有專業人士恐怕還真是打理不了。誒，傅董，你對中國的證券行業瞭解多少啊？」

傅華笑笑說：「基本上算是門外漢吧。誒，陳先生，不如你談一下你對中國證券市場的瞭解吧。我知道你算是這個行業中的翹楚，你就把你對這個行業的理解跟我們說說吧。」

陳紀均很受用地說：「翹楚不敢當，我就說說我對這個行業的一點膚淺的認識吧。我認為中國的證券市場概括起來就三個詞，政策、主力、消息。如果能夠搞懂這三個詞，也就能玩轉中國的證券市場了。首先，政策是第一位的……」

陳紀均侃侃而談著，看得出來他對證券市場有著充分的瞭解。總體而言，傅華對他的表現還算滿意，雖然結束面談時，他並沒有明確的告訴他錄用結果，只讓陳紀均回去等消息，但是心中卻傾向讓陳紀均來金牛證券試一試。

結束之後，傅華開車送冷子喬回家。

在車上，傅華問：「你覺得陳紀均這個人怎麼樣啊？」

冷子喬說：「我覺得這個人專業知識挺豐富的，倒是一個人才。」

傅華說：「你的看法跟我差不多。」

「這麼說你是想用他了？」冷子喬問。

傅華點點頭說：「我想讓他試試看，如果可以，就正式聘用他。」

冷子喬評論說：「我就知道你這個傻瓜會這麼想的。」

傅華不服氣地說：「你別動不動就叫我傻瓜好不好？你的看法既然跟我一致，為什麼要說我傻啊？」

冷子喬說：「我只說他專業知識不錯，可沒說讓你用他。傅華，我跟你說，這人一定不能用，你要是用了他，將來肯定會後悔的。」

傅華不禁問道：「為什麼，他什麼地方不入你的眼了？」

冷子喬分析說：「我不讓你用他，基於兩點原因，第一，這個人太恃才傲物了，根本就沒把你這個老闆放在眼中，甚至還有些輕視你的意思，如果讓他掌舵金牛證券，你根本就駕馭不了他的。」

「不會吧，」傅華看了冷子喬一眼，說：「我感覺他雖然有點傲慢，但是說話還算平易近人，你怎麼會說他輕視我呢？」

冷子喬忍不住搖頭說：「你這個人真是遲鈍，你看，他跟我們見面就遲到了。」

傅華不以為意地說：「遲到並不是什麼大錯，北京的路況，遲到個幾分鐘是常有的事。」

冷子喬批評說：「你聽我說完。遲到不是錯誤，錯誤在於他來了之後，並沒有因為遲到跟我們道歉，你再差，也是一家證券公司的老闆，是要聘用他的人，他連口頭道歉一聲都不肯，說明他心中並沒有拿你當回事。還有，見了你的面，他別的都沒說，就先說你沒有證券經驗。」

傅華笑說：「他說的也沒錯啊，事實就是如此啊。」

冷子喬正色說：「事實是如此不假，但是話卻不能這麼說。你想想，你跟一個第一次見面的人講話，是會先稱讚他的優點呢，還是先點出他的缺點呢？如果你要讓接下來的談話在友好的氣氛中進行的話，肯定會先稱讚他的優點；只有在想要打擊對方的時候，才會點出對方的缺陷來的。」

傅華沉吟了一下，冷子喬說的的確很有道理，不過傅華並沒有因此就打消要用陳紀均的念頭，他覺得冷子喬說的都是些枝節末微的小毛病，只能說明陳紀均高傲了一點，有點看不起人罷了。世界上本就沒有什麼十全十美的人，如果只因為這個就不用陳紀均，那大概找不到能用的人了。

冷子喬接著說：「再是，他完全是自顧自的在講話，絲毫沒有停下來聽聽你的看法的意思，這說明他並不尊重你。他再懂，也是要給你工作的人，你才是老闆，我沒看到這樣的員工能夠跟老闆合作好了的。最主要的是，我感覺這個人心術不正。你有沒有注意到，他在跟你講話的時候，眼睛卻一直在瞟著我的胸部。」

傅華聽了，笑說：「這可不能怪他，誰叫你這麼漂亮呢，是男人都想多看你一眼的。」

冷子喬搖搖頭說：「不，你不懂，陳紀均看我的眼神是猥褻放肆的，就像他已經把我給剝光了一樣，那種眼神讓我渾身都起雞皮疙瘩。」

冷子喬這麼說，讓傅華的決定就有些動搖了，就說：「好吧，我再考慮考慮吧。」

冷子喬說：「你是應該再考慮考慮，我建議你去國衡證券查一下他的記錄，搞清楚他這個人究竟品性如何，他又是為什麼要跳槽。」

傅華點點頭說：「好，我會找人做一下這方面的工作。今天幸虧帶你來了，不然我可能就決定用他了。」

冷子喬笑說：「這麼說，我這個助理還算稱職了？」

傅華稱讚說：「稱職，我對你今天的表現打滿分。」

冷子喬說：「既然你試用合格，乾脆你請我做助理好了，我要求不高，月薪兩萬就可以了。」

傅華趕忙擺手說：「我可不敢請你做助理，你難道沒看到我這兩天去接你的時候，你媽看我的眼神嗎？就好像是我要把你拐走賣掉一樣，我要是真的把你弄在身邊做助理，她還不殺了我啊？再說，我也不想找一個常常會罵我是傻瓜的助理，你還是老老實實地待在你媽的公司裏吧。」

晚上九點，龍門市開發區員工宿舍的樓道，滿身酒氣的開發區區長林雪平正在敲著門。

門打開了，區政府的打字員王佳佳站在門口不悅地看著他說：「林區長，你敲門敲這麼響幹嘛啊，生怕別人不知道是吧？」

「誰會知道啊，今天是週末，住在宿舍裏的就你一個。」林雪平說著，就把嘴湊過去想親王佳佳。

王佳佳躲開了，嫌棄地說：「去，一身酒味熏死人了，你也是的，喝多了跑我這裏幹嘛啊，回家熏你老婆去啊。」

林雪平嘿嘿地諂笑著說：「我這是太想你了嘛！看，我給你帶了什麼禮物來了。」

林雪平說著，從皮包裏拿出一個長方形的首飾盒子，王佳佳接過去打開一看，驚喜地叫道：「白金項鏈！這還差不多。」

王佳佳這才把身子往旁邊一側，讓林雪平進了屋。

林雪平進屋後，就抱住王佳佳，鼻子嘴巴的亂親亂拱，一邊去撕扯著王佳佳身上穿的睡衣。

王佳佳拿了他一條白金項鏈之後，這時也不嫌他滿身酒氣了，配合著把身上的衣物給脫掉，很快兩人就身無寸縷的倒在床上，宿舍裏頓時春色無邊。

這時，突然傳來咚咚咚的聲音，門突然被猛烈的敲響，門口傳來一聲女人的怒吼：「林雪平！你這個混蛋，趕緊給我開門。」

激戰正酣的兩人，身體一下子僵住了，王佳佳顫抖地說：「你老婆怎麼來了？」

林雪平趕忙穿著衣服，一邊說道：「我怎麼知道，趕緊穿衣服吧。」

門被敲得更響了，女人叫道：「不開門是吧，不開門，老娘可要把門給踹開了。」

接著，只聽砰的一聲響，宿舍本就不結實的木門被人猛地給踹開了，一個壯實的女人氣勢洶洶的衝了進來。

林雪平怕女人傷害到王佳佳，上前一步把王佳佳護在身後，一邊衝著進來的女人吼道：「胡華嬌，你胡鬧什麼，我跟小王在談工作呢。」

胡華嬌喊道：「林雪平，你糊弄誰啊，你和這個狐狸精身上的衣服都沒穿好，有你們這麼談工作的嗎？你給我讓開，我要教訓教訓這個狐狸精。」

王佳佳在林雪平身後害怕地說：「胡姐，林區長真的是在跟我談工作，有份文件明天急著要，所以他讓我今晚就打出來。」

「王佳佳，你這個騷娘們騙誰啊！」胡華嬌伸手推開林雪平，然後去抓王佳佳的臉，嘴裏叫道：「老娘今天就把你這張臉給毀了，看你這個騷娘們還拿什麼勾引男人。」

王佳佳嚇得縮成了一團，叫道：「林區長，救我啊。」

聽到情人嬌滴滴的求救聲，林雪平急了，從後面一把拽住胡華嬌，猛地一拉，把胡華嬌拽了回來，然後甩手給了她一巴掌，嚷道：「你這個臭娘們胡鬧什麼啊，趕緊給我滾回去。」

胡華嬌被打愣了，越發地惱火，吼道：「林雪平你個混蛋，你敢打我，老娘跟你拼了。」說著就撲向林雪平，伸手就去撓林雪平的臉，林雪平的臉上馬上就被撓出好幾道血痕。

林雪平感覺臉上火辣辣地疼，他本來就喝了不少的酒，酒氣上身很容易衝動，氣得一拳搗在胡華嬌的肚子上。胡華嬌疼得抱著肚子，身子像大蝦一樣蜷了起來。

林旭平打過一拳之後，並沒有解恨，又抬起腳將胡華嬌踢倒在地，然後上去騎住她，劈裏啪啦就開始猛打，嘴裏還嚷著：「臭娘們，還有沒有王法了，看老子今天不弄死你。」

沒一會兒功夫，胡華嬌鼻口往外直冒血，王佳佳怕他鬧出人命來，趕忙去拉住林雪平，勸道：「林區長，別打了，再打你就把胡姐打死了。」

王佳佳的話，讓林雪平恢復了一點理智，停下打胡華嬌的手，從胡華嬌身上下來，解恨地踢了胡華嬌一腳，吼道：「臭娘們，這次先饒了你，趕緊給我滾回家去。」

胡華嬌狼狽地從地上爬了起來，惡狠狠瞪著林雪平，吼道：「林雪平，你跟狐狸精偷情，不但不認錯，還打我打得這麼狠，你等著，老娘會要你好看。」

「你還敢跟我發狠，」林雪平揮起拳頭，嚷道：「你挨揍還沒挨夠是吧？」

王佳佳看林雪平又想要打胡華嬌，擔心再打下去會出事，趕忙抱住了林雪平，說：「好了林區長，你別跟她一般見識了。」

林雪平這才收回拳頭，對還在瞪著他的胡華嬌吼道：「你還看什麼，趕緊給我滾蛋。」

胡華嬌知道再留下也得不到什麼好處，就一瘸一拐的走了。

胡華嬌走了之後，王佳佳看了看已經被踹壞的門，說：「林區長，這怎麼辦啊？明天我怎麼說啊？」

林雪平安撫說：「這個你不用擔心，反正也沒人看到，你就說你出去了一趟，回來不知道門怎麼就被人踹成這個樣子了，我會安排人給你修好的。」

王佳佳擔心地說：「那你老婆要是跟人說起這件事怎麼辦啊？」

「她敢！」林雪平眼睛瞪了起來，說：「她要是敢胡說，老子索性就跟她攤牌，休了這個臭娘們。」

王佳佳嘆了口氣，說：「你還是回去哄哄她吧，別把事情鬧大了。」

「哄她幹嘛，」林雪平哼聲道：「那個臭娘們身上穿的用的都是老子的，除非她傻了，否則她不敢對老子怎麼樣的。別管她了，走，我帶你出去開房間，好好陪陪你這個小寶貝。」

王佳佳苦笑說：「都鬧成這樣了，你還有心情啊？」

林雪平伸手去拍了拍王佳佳圓渾的翹臀，說：「當然有心情啦，剛才被這個臭娘們給打斷了，老子下面的邪火還沒發出來，現在正難受著呢。」

王佳佳輕拍了林雪平一下，嗔道：「死相。」就去換了衣服，陪著林雪平去開房快活去了。

第二天，跟王佳佳在賓館折騰了一晚的林雪平，疲憊的來到開發區區長辦公室，昨晚被打走的胡華嬌也沒有來騷擾他，看來這個娘們還是得教訓教訓，不然她是不會這麼老實的。

林雪平就開始處理起公務來，期間王佳佳還藉口讓他批示公文，過來了一趟。她是來探問胡華嬌有沒有來鬧事，聽林雪平說胡華嬌根本就再無動靜，也就放心了。

臨近中午的時候，林雪平收拾好物品，正準備離開辦公室去參加一個廠商的宴會，這時，秘書帶著兩個男人走了進來，對他說：「林區長，這兩位是市紀委的同志，說有事要找您。」

一聽說是市紀委來的，林雪平後背頓時有一種涼颼颼的感覺，紀委這幫傢伙可是夜貓子進宅，好事不來的，臉上強笑了一下，說：「兩位找我有什麼事嗎？」

其中一個人說：「我是市紀委監察三室的副主任顧利，現在有人向我們舉報你行賄受賄，請你跟我們去市紀委做一下解釋吧。」

林雪平的心一下子沉到谷底，強自鎮靜地說：「你們搞錯了吧，我這個人一向廉潔奉公，怎麼會行賄受賄呢。」

顧利說：「既然你一向廉潔奉公，那就更需要去市紀委說明一下了。你放心，我們不會冤枉好人的。」

林雪平無奈，只好跟顧利兩人去了市紀委。

一開始他還有僥倖心理，以為他只要咬死了不說，紀委就沒法拿他怎麼樣，可是當顧利把一項一項證據擺在他面前時，特別是顧利點出這些證據都是他老婆胡華嬌提供的時候，他再也撐不住了，只好把涉嫌的犯罪行為全部招供了出來。其中也包括他向姚巍山行賄三萬美金，讓姚巍山幫他跟龍門市領導打招呼的事。

當顧利聽林雪平把姚巍山給咬出來，不禁有些傻眼了，趕忙帶著卷宗去找市紀委書記陳昌榮，陳昌榮聽完彙報，也不敢擅做主張，就打電話給孫守義，說有事要當面跟孫守義報告。

陳昌榮來到孫守義的辦公室，臉色沉重地說：「上午龍門市開發區區長林雪平的老婆胡華嬌來市紀委，舉報林雪平行賄受賄。」

孫守義看了陳昌榮一眼，說：「老婆檢舉老公，怎麼會這樣子啊？」

陳昌榮說：「據胡華嬌說，昨天她把林雪平跟開發區的打字員王佳佳捉姦在床，林雪平惱羞成怒，不但不認錯，反而把她暴打了一頓，她氣不過，為了報復林雪平，就把她知道的林雪平這些年來行賄受賄的事給揭發了出來。市紀委看胡華嬌提供的證據確鑿，因此決定對林雪平採取措施，把他帶回紀委進行審查。」

孫守義不解地說：「老陳，這是你們紀委職責範圍內的事，你自行處置就是了，跟我彙報什麼啊？」

陳昌榮苦著臉說：「問題在審查的過程中，林雪平還供出了一位市裏的領導，說他曾經向這位市領導行賄了三萬美金，讓他幫忙在爭取開發區區長上打招呼。」

「牽涉到市裏的領導？」孫守義說：「誰啊？」

陳昌榮面有難色地說：「是姚市長。」

孫守義對姚巍山會牽涉進去一點都不意外，他早知姚巍山手腳不乾淨，但是現在的形勢不允許他去動姚巍山。冷鍍板材的價格依舊是呈現下滑的態勢，伊川集團正在咬牙苦撐，如果在這時候把姚巍山給搞掉的話，恐怕會成為壓倒伊川集團的最後一根稻草，冷鍍工廠如果倒了，那貸款給他們的各大銀行馬上就會啟動追討行動，伊川集團目前的狀態肯定是無力償還的，在這種情況下，倒楣的可就是做擔保的海川市財政了。

孫守義心裏罵了句娘，他想盡辦法要不受伊川集團這個項目的拖累，但是弄了半天，麻煩還是找到他頭上來了。

他看了眼陳昌榮，說：「牽涉到姚巍山同志，這件事就得慎重了；再是這件事也牽涉到伊川集團，伊川集團的冷鍍工廠是我們市裏的重點招商項目，你要注意工作的方法，不要因為市紀委的行為影響了項目的進行。」

陳昌榮說：「我知道這裏面的情況複雜，因此，雖然林雪平說他行賄姚市長的那三萬美金是陸伊川提供的，但是我並沒有讓監察室的同志去接觸陸伊川。只是，對姚市長我們紀委要怎麼辦啊？是上報省紀委呢，還是就這麼算了？」

對要不要上報省紀委，孫守義心中也很為難，上報吧，他還需要姚巍山頂在那裏，撐住伊川集團的局面；不上報吧，他明知官員有違法亂紀的行為卻不去查處，反而讓人幫忙隱瞞上級，這也是明顯錯誤的。還有，當初可是省委書記馮玉清推薦姚巍山出任海川市代市長的，如果讓陳昌榮把這件事情捅到省紀委去，馮玉清會不會對他有所不滿啊？

想來想去，孫守義覺得還是應該先跟馮玉清通個氣再來決定，看馮玉清怎麼表態再說。

孫守義就對陳昌榮說：「這件事我暫時不好做什麼決定，需要跟省領導做一下彙報，看看省領導的態度。在省領導有明確態度之前，你們先不要採取進一步的行動，同時也要注意保密，不要讓人知道林雪平把姚市長給咬出來了。」

陳昌榮點點頭說：「行，就按照您的指示去辦。」

陳昌榮離開了孫守義的辦公室，孫守義就打電話跟馮玉清約了見面的時間，然後坐車去省城齊州。

馮玉清笑著跟孫守義握了握手，說：「守義同志，你專程跑來我這兒，是要跟我報告什麼好消息嗎？」

孫守義苦笑說：「不好意思啊，馮書記，我給您帶來的不是什麼好消息，而是一件麻煩事。」

馮玉清說：「你不要有什麼不好意思的，我們做領導的，哪一天不遇到幾件麻煩事啊，說吧，究竟是什麼事啊？」

孫守義說：「是這樣的，海川市紀委在調查一件行賄案時，牽涉到了市長姚巍山同志。我不知道該怎麼處理，所以來向您請示。」

「牽涉到姚巍山？」馮玉清詫異地說。一邊用審視的眼光看著孫守義，想搞清楚孫守義跟她報告這件事的真實意圖，他是想來透露消息賣好呢？還是想借此機會逼她壯士斷腕呢？

馮玉清對孫守義有些戒心，孫守義原來是鄧子峰的人，鄧子峰離開東海後，這傢伙並沒有主動向她靠近，反而聽說跟新任省長范琦有些勾搭。因此馮玉清有些懷疑孫守義跟他報告這件事是個陷阱，因為孫守義如果倒向范琦，又借這次的事件把姚巍山給除掉的話，那東海省就會完全被范琦給掌握了。

但是她還不能不讓省紀委來查這件事，因此看著孫守義說：「守義同志，你覺得我應該怎麼辦呢？」

孫守義想了想說：「我是覺得這件事情處理起來必須要慎重，目前來看，只有林雪平一個人的供詞說姚巍山同志受賄了，事情的真相如何尚且無法判斷。所以我認為，省紀委可以對姚巍山展開調查，但是一定要適度，避免造成一些不必要的負面影響。」

孫守義這個說法很符合馮玉清的心意，這樣做，既避免了對手說她護短，又把事情掌控在可控制的範圍之內。看來這個孫守義還是可以信賴的，也許想辦法拉攏他一下。

馮玉清便點點頭說：「守義同志，你考慮的很全面，這樣吧，你讓市紀委的同志把這件事報到省紀委來吧，回頭我會交代許開田同志慎重處理這件事的。」

馮玉清這麼說，是表示對他的認同，孫守義鬆了口氣，看來他暫時是不會被歸為對手的行列中去了；這也意味著姚巍山這件事很可能會不了了之，否則馮玉清就會下令嚴查到底了。

孫守義立即說：「行，我回去就按照您的指示，讓市紀委儘快跟省紀委彙報。」

馮玉清點了一下頭，說：「守義同志啊，趙老最近的身體還好吧？」

孫守義說：「老爺子身體還不錯，現在退休在家，每天打打太極，過得挺滋潤著呢。」

馮玉清笑笑說：「趙老確實是個很達觀的人，我父親在的時候，他還去過我們家幾次呢。一晃也有些年頭了，守義同志，回頭你跟趙老說，改天我想去看望一下他老人家，不知道他歡迎不歡迎？」

馮玉清拉攏的意圖更明顯了，孫守義聽了，忙說：「老爺子肯定是再歡迎不過了，據我所知，老爺子對馮老十分尊崇，要是知道您要去看望他，他一定會很高興的。」

馮玉清滿意地說：「那我下次回北京，一定會專程登門拜訪他的。」

在孫守義跟馮玉清相談甚歡的同一時刻，遠在海川的姚巍山卻如坐針氈，他已經得知林雪平被市紀委帶走的事了。更令他擔心的是，市紀委書記陳昌榮在林雪平被帶到市紀委之後不久，就跑到孫守義的辦公室去，而孫守義緊接著就坐車去了省委。

根據這些因素，姚巍山判斷林雪平九成以上是把他給咬出來了，孫守義一定是去請示馮玉清要如何處置這件事的。

這可要怎麼脫身呢？姚巍山像沒頭蒼蠅一樣在辦公室裏轉來轉去，轉了好半天，也沒轉出個好主意來。最後他抓起電話打給李衛高，李衛高交遊廣闊，也許認識什麼高層領導能夠幫他解脫這個困局呢。

李衛高接了電話，姚巍山開口就埋怨道：「老李啊，這次真是被你給害死了。」

李衛高愣了一下，說：「姚市長，怎麼了，出什麼事嗎？」

姚巍山說：「龍門市開發區的區長林雪平被抓了。」

李衛高心裏咯登一下，當初是他從中介紹林雪平去行賄姚巍山買官的，姚巍山做的很多不法情事，他都有參與。李衛高鎮定地說：「姚市長，您千萬別慌，如果您在這時候自亂陣腳的話，不該出事也會出事的。」

姚巍山著急地說：「我是不想慌啊，但是孫守義現在跑去省裏彙報了，八成林雪平把行賄我的事也給交代出來了，接下來省紀委肯定會對我採取措施的，那時候我可就完蛋了。」

李衛高安撫說：「姚市長，您先別急，聽我說好不好？事情現在是有點失控了，但是也不是完全沒有辦法應付，關鍵是要看你的表現。」

姚巍山納悶地說：「看我的表現，你要我怎麼表現啊？」

李衛高思索說：「為今之計，只有一個辦法才能讓你度過這次難關，那就是你不要管林雪平講了什麼，反正你就咬定一點，就是你根本就沒有拿林雪平一分錢。」

「這樣子行嗎？」姚巍山有些半信半疑的道。

「當然行啦，」李衛高說：「有句話不是那麼說的嘛，坦白從寬，牢底坐穿；抗拒從嚴，回家過年。」

姚巍山苦笑了一下，說：「老李，這句話我是聽說過，可是有用嗎？有多少人一到紀委馬上就受不了，什麼都供出來了，我怕我扛不住啊。」

李衛高說：「姚市長，扛不扛得住是要分情況的。如果紀委已經掌握了充分的證據，你就是硬賴也沒什麼用；但是如果他們什麼情況都沒掌握，您自己不打自招，那可就是自掘墳墓了。」

李衛高的話讓姚巍山多少鎮靜了些，便說：「那你覺得紀委現在已經掌握了多少對我不利的證據呢？」

李衛高想了想說：「我覺得對方掌握的證據很有限，很明顯，林雪平送你錢的時候，一定沒有第三人在場，是吧？」

姚巍山說：「對，當時是在我的辦公室，林雪平放了一個檔案袋在我那裏，知道這件事的人就是林雪平和我，再沒有其他人了。」

李衛高說：「這就好辦了，也就是說，紀委現在掌握的只有林雪平一個人的口供，在法律上講，他的供詞在沒有其他證據佐證的時候，是沒有什麼效力的，只要您堅決否認拿過林雪平的錢，紀委拿你也是沒轍的。」

姚巍山下定決心說：「好吧，我就按照你說的辦，反正不管怎樣，我都一律否認。對了，老李，你跟陸伊川也打聲招呼，讓他千萬別承認這件事啊。」

李衛高說：「好的，我一定會跟陸伊川說的。」

姚巍山的心總算安定下來，感激地說：「老李，幸虧有你分析給我聽，不然我還真是可能自己把自己給賣了，想不到你不光懂得易理，還很通曉法律啊。」

李衛高心想：我當然懂啦，這些都是當年我在監獄裏跟那些前輩老犯學來的嘛！嘴上卻說：「我很多朋友都是法律界人士，耳濡目染，多少也懂得一些這方面的知識啦。」

第六章

博奕前菜

楊志欣和高層之間的龍爭虎鬥是在所難免的了，
原本他以為搞定齊隆寶之後，
他可以過安定的日子，但是他想的太過天真了，
齊隆寶只是兩大陣營博奕的前菜而已，
真正的大餐還沒上桌呢。

第二天，省紀委書記許開田來到海川市市政府，他事先跟姚巍山約好了。

許開田之所以跑來海川，是因為馮玉清特別交代他對姚巍山的審查要慎重。許開田明白馮玉清潛臺詞背後的意思，所以決定親自跑來海川，對姚巍山進行詢問。

姚巍山看到許開田，雖然仍是有些緊張，但是他事先已經跟李衛高研究好對策，所以緊張的心情多少放鬆了些。

姚巍山跟許開田握了握手，說：「許書記，什麼事還要麻煩您專程跑來啊？」

許開田笑笑說：「是一件很麻煩的事，姚市長可能已經聽說了吧，龍門市開發區的區長林雪平被海川市紀委雙規了。」

姚巍山裝糊塗說：「我聽下面的同志彙報了，很是意外啊，我對林雪平同志的工作能力很欣賞呢。」

許開田說：「有些官員很善於偽裝，在沒被發現違紀行為之前，看上去都是紀律良好的同志。」

雖然姚巍山很清楚許開田這麼說只是隨口說說而已，並非意有所指，但是心裏還是慌了一下，強笑說：「來，許書記，我們坐下來說話吧。」

姚巍山就把許開田帶到沙發那裏坐了下來，然後故作坦蕩地說：「許書記，您找我是不是想問我林雪平的事啊？」

許開田看姚巍山這副故作坦然的姿態，心中暗自好笑，說：「姚市長，你搞錯了，我來不是要問你林雪平的事，而是他說了一件與你有關的事，我們紀委需要把這件事情瞭解清楚。」

姚巍山不得不裝糊塗到底，說：「他有什麼事會與我有關啊？我跟他除了工作上的接觸，私下並沒有什麼往來的。」

許開田看著姚巍山說：「姚市長，你說的都是真的嗎？」

姚巍山點點頭說：「都是真的，在您面前我哪敢說假話啊？」

「那他怎麼說他曾經私下來找過你，要求你向龍門市的相關領導推薦他出任龍門市開發區的區長呢？」許開田質問道。

姚巍山笑笑說：「嚴格地說，並不是他要求我推薦他出任開發區的區長，而是我認為他的能力適合擔任開發區的區長。按說，作為一個市長，我是不應該去干涉下級政府的人事安排的，不過龍門市開發區的情況比較特殊，海川市的一個重點招商引資項目落戶在這兒，這個項目是我一直在關注的，為了避免這個項目有所閃失，對開發區的人事安排曾說出了我個人的意見。」

姚巍山看上去十分坦誠，一副不回避問題的樣子。

許開田說：「姚市長，真實情況就是這樣嗎？再也沒有其他的了嗎？」

姚巍山點點頭說：「對啊，就是這樣，再也沒有其他的了。」

「不對吧，」許開田追問說：「林雪平可是說他給了你三萬美金的。」

「三萬美金？」姚巍山故作驚訝的說：「他什麼時候給過我三萬美金了啊？這個同志怎麼這樣啊，我對他可不薄，他怎麼能夠這樣誣賴我呢？」

許開田盯著姚巍山的眼睛說：「姚市長，你再好好回憶一下，林雪平說他當時是用一個檔案袋裝這三萬美金的。」

「絕對沒有這回事，」姚巍山一口否認道：「我那天見過他不假，但是根本就沒有看到他拿過什麼檔案袋，更別說是三萬美金了。」

許開田納悶地說：「那就奇怪了，姚市長，林雪平好好地為什麼要誣賴你啊？」

姚巍山苦笑了一下，說：「我也很奇怪啊，真是想不出林雪平這麼做的理由。許書記，我以我的人格保證，沒有拿過林雪平一分錢，只要林雪平能夠拿出證據證明我拿過他的錢，我願意接受國法的懲處。」

許開田說：「姚市長，你無需跟我保證什麼，我來只是向你瞭解情況的，並不是要對你進行調查。好了，現在我想瞭解的基本上已經瞭解的差不多了，今天就談到這裏吧。」

許開田就站起來跟姚巍山告辭，姚巍山把許開田送出市政府辦公大樓，看著許開田上車離開，心裏鬆了口氣，總算把這尊瘟神送走了。

他回到辦公室。桌上的電話響了起來，看看號碼是李衛高的，趕忙接通了，問道：「老李，我正好想要找你呢，我讓你跟陸伊川交代的事，你跟他說了嗎？」

李衛高說：「我在電話上跟他說了，他答應如果紀委的人找他，他會按照您的意思說的。」

姚巍山還是覺得不放心，說：「老李啊，我覺得僅僅這樣子還不夠，你能不能跟陸伊川說一聲，讓他先回香港避避風頭啊？」

李衛高笑說：「姚市長，這話不用說，他現在人就在香港。」

姚巍山說：「他已經回香港了？這傢伙倒溜得挺快嘛。」

李衛高說：「不是他溜得快，而是前幾天他正好回香港去籌措資金去了。」

姚巍山聽了說：「這倒正好，你跟他說，林雪平這個案子很可能會牽涉到他，讓他在香港多待幾天，等林雪平的案子平息了再回來。」

李衛高說：「陸伊川本人也有這個意思，他跟我說，為了安全起見，他會在香港多待些日子的。誒，姚市長，您那邊的情形如何，省紀委找您了沒有啊？」

姚巍山嘆氣說：「找了，省紀委書記許開田剛剛才從我這裏離開。」

李衛高說：「情況怎麼樣，他都跟您談了些什麼啊？」

姚巍山說：「就是林雪平這個案子，問我有沒有拿過那三萬美金，我堅決予以否認了。」

李衛高說：「那他是一個什麼態度啊？」

姚巍山說：「他心中肯定是對我有所懷疑的，不過正像你說的，紀委掌握的只有林雪平的口供，並沒有其他證據佐證，因此我否認他就沒轍了，之後他就結束了談話，回省裏去了。」

李衛高說：「那就好，看來您這次應該是沒事了。」

姚巍山沒好氣地說：「好什麼好啊，只能說是暫時沒事，林雪平的口供對我來說總是一個禍患，老李，你能不能幫我想想辦法，把這個禍患給去掉啊。」

「您的意思是？」

姚巍山試探地說：「能不能想辦法給林雪平遞個消息進去，讓他把口供給撤掉？」

李衛高稍微想了一下，說：「行啊，這件事情我來想辦法吧。」

省委，馮玉清的辦公室。

馮玉清看著剛從海川趕回來的省紀委書記許開田，問道：「老許，姚巍山的情況瞭解的怎麼樣了？」

許開田搖搖頭說：「不怎麼樣，姚巍山倒是承認他推薦過林雪平出任龍門市開發區的區長，不過，他說這麼做的理由，是因為他賞識林雪平的工作能力，並不是因為他收過林雪平的錢，堅決否認收過林雪平的三萬美金。」

馮玉清說：「老許，你相信他的說法嗎？」

許開田回說：「馮書記，這不是我相信不相信的問題，而是目前除了林雪平的口供之外，我們並不掌握其他能夠證明姚巍山收過三萬美金的證據，所以沒有辦法指控他。」

馮玉清聽了說：「那有沒有什麼辦法能夠進一步查清楚這件事呢？比方說，能不能從那個香港商人陸伊川身上打開缺口，查明事情的真相。」

馮玉清的意思，是她想瞭解這個案件還有沒有其他的辦法能夠查清楚，如果省紀委沒有查到，會給對手留下一個把柄，成為攻擊她的口實。

許開田搖搖頭說：「行賄這種事本身就是很隱蔽的，知情者只有當事人雙方，想要證明這件事很困難。至於那個香港商人陸伊川，現在人滯留在香港，還沒回來，所以暫時還聯絡不上他。」

馮玉清說：「現在林雪平這個案子出來，恐怕陸伊川短時間內是不會回來了。」

許開田點點頭說：「我想也是這樣，據林雪平說，陸伊川曾經幾次行賄過他，涉案很深，為了避風頭，他短時間內絕不敢再現身了，所以想從他這裏查清楚姚巍山有沒有受賄，應該很難辦到。」

馮玉清在腦子裏快速的理順了一下事件的整個脈絡，確定省紀委查到這個程度已經足以給東海省政壇各方勢力一個交代了，就指示說：「既然是這樣，那就暫且先把姚巍山這件事放一放吧。」

北京，晚上七點。

傅華正在家中看新聞，背景音樂忽然換成了哀樂，主持人以非常沉痛的聲音說：「下面播報最新消息，國家優秀領導人，前常委魏立鵬同志因病在北京逝世，終年九十二歲。」

聽到魏立鵬逝世，傅華呆了一下，心裏有說不出的感受，是他間接加速了魏立鵬的死，如果沒有他和齊隆寶的生死博奕，魏立鵬的病情不會惡化的這麼快。正所謂我不殺伯仁，伯仁卻因我而死。

這時傅華的手機響了起來，是胡瑜非打來的，開口就說：「傅華，你看了剛才的新聞沒有？」

傅華難過地說：「我看到了，魏立鵬過世了，我現在心裏挺難受的，他的逝世在一定程度上與我有很大的關係。」

胡瑜非說：「你不要覺得有什麼愧疚，誰也想不到會發生這種情況，你那麼做也是情勢所迫。你注意到沒有，雖然魏立鵬的兒子涉嫌賣國，但是高層依舊給魏立鵬很高的評價，這說明魏立鵬雖然逝世了，對政壇的影響力還是很大的。」

傅華說：「魏立鵬確實是為國家做出了卓越的貢獻，官方這麼給他蓋棺論定，也算是公允的吧？」

「這不是什麼公允不公允的問題，魏立鵬能夠得到這麼高的評價，靠的是實力，而不是什麼公允。」胡瑜非嘆了口氣，說：「魏立鵬病重的時候，就有風聲說，魏立鵬曾經救過他父親的一位高層對志欣很不滿意，認為是志欣導致了魏立鵬病情的危急，有意要對志欣有所行動。」

傅華叫說：「可是魏立鵬病重，主因是齊隆寶叛國的行為啊，這位高層不應該遷怒楊叔的。」

胡瑜非說：「也不能完全這麼說，我們處理這件事也有不妥當的地方，如果當時安部長將這件事完全交由內部處理的話，對魏立鵬的影響就會較小，可能也不會造成他的病逝了。」

傅華苦笑了一下，說：「看來這次我給楊叔惹了大麻煩了。」

胡瑜非嘆說：「哎，那位高層原本就跟志欣不是一個陣營的，雙方早就有著不可調和的矛盾，你這麼做只不過是讓他們的矛盾提前激化了而已。」

看來楊志欣和那位高層之間的龍爭虎鬥是在所難免的了，傅華暗自苦笑了一下，原本他以為搞定齊隆寶之後，他就可以過上一段安生的日子，但是他想的太過天真了，齊隆寶只是兩大陣營博奕的前菜而已，真正的大餐還沒上桌呢。

胡瑜非吩咐說：「傅華，你最近要注意些，暫時先不要直接去聯繫志欣，有什麼事實在解決不了的，你來找我，我來幫你想辦法。」

傅華說：「我明白了胡叔，這段時間我不會去麻煩楊叔的。」

胡瑜非說：「你明白就好。再是傅華，你要把天豐源廣場和豐源中心那兩個項目的賬目處理好，一定不能有什麼瑕疵。」

傅華點點頭說：「胡叔，您放心好了，這兩個項目的賬目我早就處理得很妥當了。」

胡瑜非滿意地說：「那就好，反正最近你小心些吧，我現在有一種山雨欲來風滿樓的感覺啊。」

傅華安慰說：「胡叔，其實也沒那麼可怕，我不會把麻煩引到楊叔身上的。」

胡瑜非說：「現在我也不知道對方會如何出手，所以也只好隨機應變吧。好了，就這樣吧。」

第二天上班，傅華就接到馮玉山的電話。馮玉山是來問傅華到底要不要聘用陳紀均的。

對於陳紀均，傅華深入瞭解後，得知國衡證券的人對陳紀均的評價是恃才傲物，不服從管理，跟國衡證券現任的掌舵者之間有些衝突，其他倒沒什麼劣跡。傅華因此仍是有些拿不定主意。不用他，對馮玉山有些不太好交代；但是用他吧，對他的人品又不是很放心。

不過在馮玉山打電話來的這一刻，傅華心中有了決定，他決定不用陳紀均。原因就是魏立鵬的突然逝世，使熙海投資的形勢變得嚴峻起來，這容不得傅華有任何一點閃失，他可不敢把金牛證券交給一個讓他無法百分之百信任的人去掌舵。而湯曼是傅華信得過的人，起碼可以讓金牛證券維持一個穩定的狀態，因而此時並不適宜臨陣換將。

傅華就說：「馮董，不好意思，拖了這麼久都沒有給您一個明確的答覆，這幾天我也一直在斟酌到底要不要用他。」

馮玉山說：「傅董，你這麼猶豫，是覺得陳紀均有什麼問題嗎？」

傅華委婉地說：「金牛證券這次要招聘的是掌舵人，事關金牛證券今後的生存和發展，我不得不慎重考慮，覺得他還達不到我想要的標準，所以最終決定不用他了。」

馮玉山有些不高興地說：「你這麼說就有點不對了，陳紀均的專業水準雖然不能說是證券業中數一數二的，起碼也是中上水準，比那個湯小姐可是強得不止一點半點，你怎麼能說他還達不到你想要的標準呢？」

傅華解釋說：「馮董，我想要的不僅僅是專業水準，要我把一家證券公司交給他打理，最基本的一點，他要讓我感到信任才行，在陳紀均身上，我卻無法感受到這一點。」

馮玉山詫異地說：「你覺得他不能信任嗎？奇怪了，他明明跟我說你們當時談得挺好的啊？不會是因為他是我推薦的人，你才不信任他的吧？」

傅華笑說：「馮董，我這個人不會玩那些花招的，如果我不信任你的話，直接就會拒絕你推薦的人選了。我不用陳紀均，真的是因為他個人的因素，我感覺他這個人有些心術不正。」

馮玉山聽了說：「我相信你不是那種愛玩花招的人，要不然小葵也不會喜歡上你的。那行，既然你感覺他心術不正，那我回絕他就是了。」

馮玉山說起馮葵，讓傅華心裏暗了一下，不知道馮葵現在在美國怎麼樣了。忍不住問道：「馮董，我如果問您小葵在美國的近況如何，您會不會生氣啊？」

馮玉山笑說：「我生不生氣你都已經問了不是嗎，告訴你吧，小葵現在人在哈佛遊學，她說想充實和沉澱一下自己。前幾天她跟我通過電話，說她在那兒生活得很快樂。」

傅華知道馮葵是個很灑脫的人，她絕不會把一些糾葛的事情老放在心裏成為負擔，便笑笑說：「她過得快樂就好。」

「只是苦了我了，上了年紀，女兒卻跑到那麼遠的地方去，想她的時候，只能跟她通電話，無法親眼看到她。有時想想，本來讓小葵去美國是想懲罰她的，到最後卻變成了對我自己的懲罰了。」馮玉山自嘲說。

傅華歉疚地說：「馮董，這都要怪我，是我害你們父女相隔萬里的。」

馮玉山說：「這也不能全怪你，如果拋開你複雜的婚姻經歷，在同齡人當中，你算是很優秀的了，卞老前幾天還在電話裏跟我稱讚過你呢。」

「卞老稱讚我？」傅華有些驚喜地說：「他老人家稱讚我什麼啊？」

馮玉山說：「他是在跟我談起魏立鵬的兒子賣國的事時稱讚你的，他說你這件事辦得很好，說你不畏權勢，敢跟這種人鬥爭，有原則，有骨氣，在時下的年輕人當中是很少見的。」

傅華謙虛地說：「卞老真是謬讚了，我之所以跟魏立鵬的兒子鬥，其實是迫不得已的，並不是我有多麼勇敢。」

馮玉山笑笑說：「你也不要妄自菲薄，這世界上沒有幾個人生來就是勇士的，你能在那種迫不得已的情況下不屈服，挺身而出跟比你強大的力量去硬碰硬，這就很難能可貴了，卞老讚賞你的就是這一點。好了傅華，我還有事，就聊到這裏吧。」

海川市，市委書記孫守義辦公室。

孫守義正在聽取市紀委書記陳昌榮關於林雪平受賄案的彙報。省紀委經過調查，確認目前林雪平一案的證據無法證明姚巍山涉案，因此案子被發回海川市，由海川市紀委監察室繼續進行調查。

陳昌榮今天之所以來找孫守義，是因為海川市紀委重啟對林雪平的調查後，案情出現了反轉。林雪平推翻了他的口供，改口說他沒有向姚巍山行賄，原因是他以為如果能夠攀上更高層的領導的話，也許紀委就不敢調查下去了，才會說他送了姚巍山三萬美金。

孫守義聽完彙報，眉頭皺了起來，雖然林雪平這麼說將姚巍山排除了嫌疑，對他來說是有利的，但顯然林雪平的翻供，一定是有人通過某種途徑對林雪平施壓，林雪平才會改了口供。

孫守義問：「老陳，在這個案子期間，有什麼人接觸過林雪平嗎？」

陳昌榮搖搖頭說：「沒有什麼特別的人，他一直在我們紀委的看管之下。」

孫守義判斷說：「現在有兩種可能，一種是林雪平是真的誣告了姚巍山，現在良心發現，主動說出事情真相；另一種可能，是有人傳遞了什麼消息給林雪平，林雪平才會改口的。老陳，你說，這兩種可能性哪一個更大一些啊？」

陳昌榮尷尬地沒說話，孫守義也不想讓陳昌榮太難堪，就嘆了口氣，說：「老陳，回頭你把林雪平翻供的事跟省紀委彙報一下，請示省紀委看要怎麼處理這件事。另外，你回去把這段時間負責看管林雪平的人給撤換掉，這些吃裏扒外的人不能再用了，最好是想辦法把他們的崗位調整一下，別再放在監察室這種重要的位子上。」

陳昌榮臉紅地說：「好的，孫書記，我會調整他們的崗位的。」

孫守義又交代說：「再是在調查過程中，涉及到伊川集團的人和事要儘量慎重，能夠維護的要儘量維護，有時候商人們做臺面下的勾兌，其實也是迫不得已的，所以我們還是要儘量保護他們，千萬別矯枉過正，破壞了招商引資的大好局面。」

陳昌榮趕忙答應說：「好的孫書記，我會遵照您的指示去辦的。」

孫守義就讓陳昌榮回去了。

目前看來姚巍山基本上是沒事了，不過姚巍山沒事，不代表伊川集團就沒事了。形勢並沒有朝向孫守義想要的方向去發展，反而背道而馳，伊川集團冷鍍工廠項目的危機終究因為林雪平這個案子提前爆發了出來。

最先出問題的是幾大銀行。銀行向來是晴天借傘，雨天收傘的，看陸伊川滯留香港不歸，海川市農行擔心冷鍍工廠出問題，就在沒有提前打招呼的情況下，先停止了繼續給伊川集團發放貸款，並且發函給伊川集團，讓伊川集團提前償還前面已經放出的貸款。

幾大銀行之間是聲息相通的，其他銀行看到海川市農業銀行對伊川集團停止放貸，馬上也採取了相同的措施。冷鍍工廠現在還是在投入的階段，一期工程的建設完全是靠著銀行貸款支撐。幾大銀行這麼一搞，伊川集團的資金鏈馬上就斷了，陸伊川看到這個情形，加上一期工程的前景黯淡，就算是建好了也不一定能夠馬上盈利，索性就讓一期工程停了下來。

一期工程停工，最著急的自然是還指望著靠這個項目出政績的姚巍山，這次他也不打電話給李衛高傳話了，而是直接把電話打給陸伊川，質問陸伊川為什麼要停工。

陸伊川苦笑說：「姚市長，我也不想啊，停工損失最大的可是伊川集團，但是現在海川各大銀行不但停止繼續給伊川集團貸款，還催著讓我們還清前面的貸款，這我們怎麼能承受得了啊？現在一期工程還沒投產，我哪有錢還他們啊？」

姚巍山責備說：「為什麼出現這種情況你不先跟我講一下啊，你跟我說，我可以跟幾大銀行溝通溝通，讓他們繼續給你們發放貸款的。」

陸伊川辯解說：「姚市長，我之所以沒跟您溝通就直接停工，是因為就算是銀行不停貸，我也不敢繼續把這個項目建設下去了，我受不了你們官員的騷擾，尤其是那些紀委的官員，他們咬住林雪平的案子不放，一直打電話來催我回海川市協助他們的調查，我很擔心如果我現在回海川的話，會被他們直接抓起來的。」

姚巍山心中其實也是很擔心這點，但是他又不能就這麼看著伊川集團就這麼停工下去，就說：「那你也不能停工啊，停工對伊川集團和海川市都是一個極大的損失。陸董，你要對我們海川的投資環境有信心，我們一定會保護來海川投資的客商的。這樣吧，我會跟海川市委溝通一下，讓他們別再騷擾你就是了。」

陸伊川說：「紀委的問題解決了，那銀行的貸款問題呢？」

姚巍山承諾說：「銀行我也會幫你溝通的，這些行長太差勁了，怎麼能隨便就違約停貸呢！」

陸伊川聽了說：「那好，只要你解決這兩個問題，我就會回海川，繼續一期工程的建設。」

結束跟陸伊川的通話，姚巍山就打電話給孫守義，想要跟孫守義約時間當面談這件事，雙方約好隔天上午見面。

北京，晚上七點多一點。

電視上正在轉播魏立鵬的告別式，高層的主要領導全部出席了儀式。哀樂聲中，主持人用悲痛的語調介紹著魏立鵬的生平，鏡頭一一閃過來送行的高層領導和魏立鵬的家人。

這時，傅華在送行的親屬中看到了一張令他十分驚駭的臉。

雖然只是極為短暫的一閃而過，不是太細心的人根本就注意不到，但是可把電視機前的傅華給嚇了一跳，他對這張臉的印象太深刻了，原來這張臉竟是齊隆寶的臉。

齊隆寶不是已經被有關部門給收押了，怎麼會出現在送行的人當中呢？難道他被釋放了嗎？

傅華心裏緊張起來，齊隆寶如果真的被放出來，對他可是個十分危險的信號。他立即打電話給胡瑜非，說：「胡叔，齊隆寶居然出現在魏立鵬的告別式，這是怎麼回事啊，他被放出來了嗎？」

胡瑜非安撫說：「你不用擔心，他並沒有被放出來。這是高層考慮到魏立鵬功勳卓著，特別准許齊隆寶來參加告別式，是一種人道上的考量，告別式後，他依舊會被收押的。」

「原來是這樣啊，」傅華鬆了口氣說：「嚇了我一跳。」

胡瑜非笑說：「你不用害怕，這次他沒個十年二十年是出不來的。」

傅華聽了，不禁問道：「胡叔，您這麼說，是不是高層已經確定要判他多少年了？」

胡瑜非說：「高層初步探討不想判他死刑，可能跟睢心雄一樣，準備判他二十年左右的刑期。你注意到沒有，睢心雄二審的判決下來了，維持原判。」

傅華說：「我注意到了，新聞很短的報了一下。相比他犯下的惡行，二十年實在是太輕了。」

胡瑜非說：「這也是妥協下的結果，睢心雄涉及到太多敏感的事，無法向大眾公開，只好這樣判決了。對了，你跟冷家那個小姐究竟怎麼回事啊，你不是說要跟她分手嗎，怎麼你阿姨聽她媽媽講，最近你們兩人感情急速升溫，週末接連兩天你都跟她泡在一起？」

傅華不好說出實情，就說道：「我們想，還是再交往試試。」

胡瑜非笑笑說：「這樣也好，那個女孩子很聰明，很討人喜歡，我也希望你們能夠成為一對，找個時間帶她來我家吃飯吧。」

「好，我回頭問問子喬什麼時候有空，再跟您說我們什麼時候去。」

胡瑜非欣慰地說：「這就對了嘛。」

第二天一上班，姚巍山就去了孫守義的辦公室，說道：「孫書記，不知道您聽說沒有，伊川集團冷鍍工廠的一期工程停工了。」

孫守義還不知道這件事，聽了訝異地說：「怎麼回事啊？伊川集團好好的怎麼停工了呢？」

姚巍山大嘆說：「怎麼能好好的呢，現在海川市紀委在追著陸伊川，讓他回來協助調查；同時各大銀行因為這次調查，對伊川集團展開全面停貸，還催伊川集團要提前償還發放的貸款，再優質的企業也經不起這樣的折騰啊。」

孫守義沒想到銀行會在這時候也來湊熱鬧，不禁責備說：「老姚，你工作是怎麼幹的啊，冷鍍工廠項目不是你一直在關注著的嗎，怎麼會發生這種事呢？」

姚巍山大吐苦水說：「孫書記，這不能怪我啊，我也沒想到林雪平這件事影響這麼大，這些銀行也是差勁，連個招呼都不打，就停止了放款。」

孫守義心想：要不是你收了錢，推薦林雪平做這個龍門市開發區的區長，又把政府跟伊川集團牽扯到一起去，今天又怎麼會有這種鳥事呢？這些麻煩都是你惹來的，你不去想辦法解決，跑來找我幹什麼啊？

孫守義不滿地說：「老姚，這個你該事先就想到的，銀行直管後，本就對地方政府愛理不理的，林雪平的案子一出來，你就該跟銀行做溝通的。」

姚巍山無奈地說：「孫書記，我承認我工作上有疏失，但是事情已經這樣了，你再責備我也於事無補。還是趕緊想辦法解決問題，讓伊川集團復工才對。」

孫守義看了姚巍山一眼，說：「那你想怎麼解決這個問題啊？」

姚巍山說：「我覺得先是要想辦法讓陸伊川回來，只有陸伊川回來才能安定眼下這個局面，也才能說服各大銀行對伊川集團繼續放貸。所以只有海川市紀委停止對陸伊川進行調查，把林雪平的案子儘快結束，陸伊川才會安心的回海川來。」

第七章

拆穿騙局

孫守義打開資料，看著裏面李衛高的照片，
不禁想這個李衛高也算是個人才，
一個偽造身分的詐騙犯，竟然能騙倒一大票的風雲人物。
不過騙子終究是騙子，終有被人拆穿的那一天，
現在就到了拆穿他騙局的時候了。

孫守義是可以指示陳昌榮把林雪平的案子儘快的結束，但是要不要這麼做，心中卻有點拿不定主意，他在腦中迅速盤算著利弊。

有利的是，案子結束，陸伊川返回海川，伊川集團的危機暫時得以緩解；不利的是，危機只是暫時得到解決，銀行和海川市政府的損失卻會繼續擴大，將來危機爆發出來時，他也難逃清算，而伊川集團的危機總有一天會爆發出來的。

想到這裏，孫守義就不同意林雪平案儘快結案了，他不能把自己攪進裏面，有麻煩還是讓姚巍山自己去解決好了，他可沒有必要冒著危險幫他擦屁股，就說：「老姚，你不覺得要求林雪平這個案子儘快結案是不合適的嗎？你可是與這個案子有牽涉的啊！」

姚巍山說：「我知道這個案子我應該回避，但是伊川集團情勢危急，作為市長，我有義務想辦法解決這個問題，這是為了大局著想，即使這麼做會招來一些非議，我也在所不惜，反正我不管做什麼都會惹來非議的。」

姚巍山這麼說，更令孫守義惱火，心說你真是有夠無恥的，明明是你拿了好處才把市政府陷入困境中，現在卻裝出一副為了大局著想不惜犧牲自己的正義模樣，孫守義就越發的不想同意儘快結束林雪平一案了。

他搖搖頭說：「老姚，我不能同意你這個要求，絕不能因為一點經濟上的小利益就在反腐倡廉這個大原則上讓步。你還是回去想想有沒有別的途徑解決這個問題吧。」

姚巍山愣住了，他想到孫守義會拒絕他的要求，哀求說：「孫書記，如果有別的辦法，我也不會來找您了，我覺得您還是應該多考慮一下招商引資的大局，伊川集團停工可是會造成很壞的影響的。」

孫守義不為所動，看著姚巍山說：「老姚，我覺得一個清正廉明的投資環境才是我們急需要做的事，所以你不用多說了，我是不會同意你的要求的。」

到這個地步，姚巍山知道說服不了孫守義，只好沮喪地離開了。

姚巍山走了之後，孫守義陷入沉思，現在發生了銀行停貸、工程停工這些事，原來他想透過申報省級重點招商引資項目，把禍水引給省裏的打算已經行不通了。因為省裏的人也不是傻瓜，絕不會同意讓一個有這麼明顯麻煩的項目成為省級重點的。

既然這個辦法行不通，那就需要想別的途徑解決伊川集團這個麻煩，孫守義想來想去，也許該逆向操作一下，讓危機提前爆發，而他也要儘快擺脫姚巍山這個麻煩製造者。

孫守義之所以會有這樣的想法，與馮玉清最近對他的拉攏有關，馮玉清已經表明願意接納他的態度，這讓孫守義在打擊姚巍山時，不用擔心會招致馮玉清的不滿；而且孫守義察覺到，馮玉清其實對姚巍山也有很多的不滿，或許馮玉清也想儘快擺脫姚巍山呢。不過為了穩妥起見，在打擊姚巍山前，最好能夠摸清楚馮玉清的想法比較好。

孫守義想到了趙老，馮玉清說想要去探望趙老，那就拜託趙老在跟馮玉清的會面中試探一下馮玉清的態度。

孫守義就打電話跟趙老，跟趙老報告了最近發生的事情以及他的思路。

趙老聽完，沉吟了一下，說：「小孫，你這個想法倒是行得通，不過你要打擊姚巍山，最好不要從伊川集團這邊發力，畢竟這是你們海川自己的項目。」

孫守義說：「老爺子，我沒有要從伊川集團發難，我手裏還握有姚巍山別的把柄，有一個跟他往來密切的叫做李衛高的傢伙很可疑，這個人曾經因為詐騙罪被判過刑，我想從他身上打開缺口。」

趙老聽了說：「這樣就好。不過還有一件事你也要事先考慮好，就是如何善後的問題。作為一個領導者，不能光想著把火點起來，還要想怎麼才能把火給撲滅。姚巍山如果倒下了，伊川集團這個項目就會成為你要解決的麻煩了，你要未雨綢繆，防止到時候引火焚身才是。」

孫守義說：「我覺得這個問題倒不難解決。到時候我會迫使伊川集團破產清盤，然後找公司接手這個項目，畢竟冷鍍板材還是有一定的市場需求，伊川集團的一期工程也購買了大批的設備，這還可以賣上一定的價錢，這樣就可以把海川市財政的損失降到最低限度。」

趙老聽了說：「你這倒算是一個沒有辦法中的辦法了。那行，回頭等馮玉清來探望我的時候，我會試探一下她對姚巍山究竟是怎麼一個態度，你那邊可以按照你的計畫著手去準備了。」

結束通話後，孫守義就把姜非當初交給他的那份李衛高真實身分的資料找了出來，這份資料在他的抽屜裏鎖了很久，現在終於到了要派上用場的時候了。

孫守義打開資料，看著裏面李衛高的照片，不禁心想這個李衛高也算是個人才了，一個偽造身分的詐騙犯，竟然能騙倒部長、市長一大票的風雲人物。不過騙子終究是騙子，終有被人拆穿的那一天，現在就到了拆穿他騙局的時候了。

孫守義抓起桌上的電話，讓姜非馬上到他的辦公室來。

十分鐘後，姜非出現在孫守義的辦公室。孫守義把那份資料遞給姜非，說：「姜局長，你還記得這份資料嗎？」

姜非看了說：「當然記得啦，這份資料就是我交給您的。怎麼，現在要派上用場了嗎？」

孫守義點點頭說：「是的，我懷疑這個化名李衛高，真名叫做高二寶的人，與市紀委正在調查的林雪平受賄一案有關，陸伊川和龍門市開發區的區長林雪平很可能就是通過這個人才接觸到姚巍山的；鑒於他曾經是詐騙犯的身分，我相信他在其中一定得到了很大的好處。」

「您是想讓我查辦這個傢伙是吧？」姜非說：「行，交給我吧，我早就想查查高二寶這個詐騙犯究竟是怎麼一回事了。」

「你別急，」孫守義看了一眼姜非，說：「查是要查的，但是不能由你來查。」

姜非不解地看著孫守義：「為什麼啊？我對高二寶的情況很熟悉，我來查他一定手到擒來的。」

孫守義搖搖頭說：「不行，姜局長，你想過沒有，這件事可是牽涉到了姚巍山，如果被姚巍山知道你和我在調查這件事，他會怎麼想我們啊？」

姜非遲疑地說：「那您的意思是？」

孫守義交代說：「這件事不能由你來查，也不能在海川市查，要查就必須在乾宇市。你在乾宇市公安局不是有同學嗎，能不能讓他出面調查這件事啊？就依偽造身分的名義收押李衛高，然後查清楚他和姚巍山和陸伊川之間究竟是一種什麼樣的關係。還有，當初姚巍山花了一千多萬製作海川市的形象宣傳片，我懷疑這當中姚巍山和李衛高也是拿了好處的，順便把這件事也查清楚了。」

孫守義之所以放在乾宇市來調查，一來李衛高是乾宇市人，乾宇市公安局調查這件事名正言順；二來，乾宇市的市委書記華靜天和市長喬希跟姚巍山有很大的矛盾，如果姚巍山和李衛高的事在乾宇市發作出來，華靜天一定會拿此事大做文章的，那樣，也許不用他動手，華靜天就替他收拾姚巍山了。

姜非想了一下，說：「孫書記，這個案子倒是可以放在乾宇市去查，不過我要事先跟我的同學溝通一下，看看他的意思如何。」

孫守義點點頭說：「行，你去溝通吧，我想你的同學應該會同意的，因為這個案子查下去一定是個大案，你等於送了他一個立功受獎的機會。不過姜局長，有一點你要跟你同學先說好，讓他不要急著動手，什麼時候開始查這個案子要等我的通知。我讓他開始查了，他才能查。」

姜非點了一下頭，說：「好，我知道了，我想他應該會很高興接受這個案子的。」

北京，趙老家。趙老正在門口等候馮玉清的到來。

幾分鐘後，馮玉清出現了，看到趙老在門口迎候她，趕緊快步上前跟趙老握手，說：「趙老，您是前輩，我是晚輩，您這樣我可有點擔不起啊。」

趙老笑笑說：「千萬別這麼說，我不過是個退休多年的老人，你能來看我，我真是有些受寵若驚。」

一陣寒暄後，趙老把馮玉清請到客廳坐了下來。

趙老說：「馮書記，小孫每次來看我的時候，總是會談起您在東海省的所作所為，我聽了，感覺您的執政思路清晰，決策果斷，真是頗有馮老當年之風啊。」

馮玉清聽趙老並沒有以老賣老的稱呼她為玉清，表明趙老對她很是尊重，頗為滿意，便笑笑說：「您過獎了，我愧不敢當。其實我能在東海省站得住腳，也是靠守義這些下面的同志大力支持啊。守義同志不愧是您一手帶出來的高徒啊，海川在他的管理下，經濟蓬勃發展，秩序井井有條。」

趙老客氣地說：「馮書記謬讚了，小孫這個人我很瞭解，他的優點嘛，就是他的大局觀很好，對上級高度服從；但是他的缺點也是太講大局觀了，尤其是在處理同志間的關係上，過於維護同志間的團結，難免就會對一些同事的不當行為予以縱容。」

說到這裏，趙老看著馮玉清說：「馮書記，這裏我可能要多嘴幾句了，倒不是小孫他個人有什麼牢騷，而是我覺得有些事應該提醒你。」

馮玉清笑笑說：「趙老，有什麼話您直說就是了。」

趙老說：「我想說的是那個海川市的市長姚巍山。小孫在跟我談論市裏工作的時候，說過這個姚巍山的一些事，我覺得這個人太不知檢點，根本就不像是一個市長應該有的行為。我跟小孫說，應該向省裏反映一下，如果任由姚巍山這樣發展下去，總有一天會惹出不可收拾的麻煩，但是小孫卻顧慮這個姚巍山是您推薦出任海川市市長的，為了維護您在東海省的威信，他想儘量把麻煩在市裏解決掉比較好。」

馮玉清心說：這個老傢伙還真是人老成精啊，話說得面面俱到，居然以維護她的名義把孫守義對姚巍山的牢騷給發作出來，另一方面也是在試探自己對姚巍山的態度。

實話說，馮玉清也很贊同趙老對姚巍山的看法，她越來越覺得姚巍山是個麻煩，也許是該清除掉他了。就說：

「趙老，您對姚巍山的看法很正確，我對這個人的表現實在很失望，當初孟副省長向我推薦他的時候，我還覺得他是個很有能力的幹部呢，經過這段時間的觀察，我發現這個人私心太重，並沒有把他的能力用在正道上，我也正在思考下一步要怎麼解決他的問題呢。」

馮玉清這是向趙老表明了她對姚巍山準備放棄的態度，趙老的試探算是得到了滿意的答覆。

接下來，馮玉清便適時地轉移了話題，跟趙老都是在回憶敘舊，大談一些馮老還健在時的往事，兩人盡歡而散。

送走馮玉清後，趙老就打電話給孫守義，回報說：「小孫，你可以進行你的計畫了。」

孫守義隨即打給姜非，下令姜非通知他的同學可以對李衛高採取行動。

乾宇市，易學研究會，會長辦公室裏。

穿著一身唐裝的李衛高正在侃侃而談易經的內容，正當圍坐在李衛高周圍的人對李衛高的談話佩服得連連點頭的時候，突然有人敲門。

李衛高喊了聲進來，兩名身著警服的人走了進來。

李衛高看到警察並不緊張，這些年他以易學大師的身分走南闖北，風光一時，早就忘了他曾經是一名詐騙犯了。

李衛高說：「兩位來易學研究會，是不是也想跟我們探討研究一下易經啊。」

兩名員警被逗笑了，其中一名警員說：「高二寶，你現在是不是真的覺得你是一位了不起的大師啊？」

李衛高的臉色立時變了，強笑說：「你們搞錯了吧，我的名字叫做李衛高，不叫高二寶。」

員警笑說：「好了，高二寶，你就別裝了，李衛高根本就是你變造出來的身分，我們是乾宇市公安局刑警大隊的刑警，這是我們的證件，你偽造身分，已經觸犯了刑法，現在請你跟我們去刑警隊接受調查。」

海川市駐京辦，傅華辦公室。

傅華正在辦公，手機響了起來，顯示的號碼是馮玉清，趕忙接通了。

馮玉清說：「傅華，你在駐京辦嗎？我在樓下呢，下來吧，陪我出去走走。」

傅華匆忙來到海川大廈門口，馮玉清坐在一輛黑色的奧迪車當中，看到他下來，就衝著他招了招手，說：「上車吧。」

傅華上了車，說：「馮書記，您什麼時候回北京的？」

「今天剛回來，馬上就來看你了，夠給你面子的吧？」馮玉清笑笑說。

傅華打趣說：「是夠給面子的，不過您恐怕不是專門來看我的吧？」

馮玉清說：「我還真是專程來看你的，你現在很不得了啊，大家都在說是你把魏立鵬給氣死的。你最近小心些吧，我得到消息，說魏立鵬的一些老部下最近在串聯想要向楊志欣發難，而你這邊是楊志欣最弱的一環，最有可能被他們選擇用來對付楊志欣的突破口。」

傅華苦笑說：「這件事胡叔已經提醒過我了，唉，真是一波未平一波又起啊。」

馮玉清說：「其實楊志欣如果全力維護你的話，魏立鵬的那些老部下也不能把你怎麼樣的，怕就怕楊志欣為了保護自己的利益，不但不會出面維護你，反而跟你劃清界限，以撇清他跟魏立鵬之死的關係。」

傅華嘆說：「馮書記，您還真是瞭解他啊，他已經讓胡叔跟我說，這段時間要我不要直接聯繫他了。」

馮玉清說：「我對他的個性再瞭解不過了，他跟胡瑜非是一個德行，都是多謀寡斷的人。你呀，當初實在是不該跟著他蹚這灘渾水的。」

傅華說：「這個我倒不後悔，我參與這件事也得到了一個很大的機會，要不然也沒有熙海投資了。」

馮玉清警告說：「你先不要把熙海投資定義為機會，隨著魏立鵬的去世，還有一大堆的麻煩在等著你去解決呢。」

傅華灑脫地說：「這也是沒辦法的事，機遇和風險總是並存的啊。」

馮玉清說：「我倒是很欣賞你這種敢於面對一切的精神，小葵如果能真的跟你成一對就好了。可惜的是你們還是勞燕分飛了。哎，跟你說一聲吧，小葵現在在哈佛遊學呢。」

傅華說：「我知道，前幾天我跟馮董通電話的時候，他告訴我了，還說小葵在那裡過得很快樂。」

「我哥跟你通過電話？」馮玉清有些困惑地說：「怎麼回事，他怎麼會跟你通電話呢？我還以為他會因為小葵的事仇視你呢。」

傅華笑說：「是商業上的事，他向我推薦一個掌舵金牛證券的人。」

馮玉清懷疑地說：「這可有意思，他居然肯向你推薦人，問題是，他就是推薦了人，你敢用嗎？」

傅華很有信心地說：「這我倒不怕，你們馮家的人雖然眼高於頂，看不起人，卻不是那種背地會算計人的人。」

馮玉清笑說：「你這話倒說得公允，馮家的人是不屑做那些事的。」

說話間，車子開到朝陽公園，馮玉清說：「傅華，我們下車走走吧。」

兩人就在朝陽公園隨意走著。

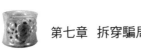

馮玉清說：「傅華，你對小葵還有什麼打算嗎？」

傅華苦笑說：「我還能有什麼打算啊，馮董說小葵要在哈佛遊學三年，這三年的時間可以改變很多東西的。」

馮玉清感嘆說：「我真的覺得你們倆很可惜啊。誒，傅華，有件事我要問你，你覺得現在的海川市官員中，有沒有適合做市長的。」

傅華愣了一下，說：「馮書記，您不會是想要換掉姚巍山吧？」

馮玉清反問說：「我如果說是呢？」

傅華高興地說：「那就太好了，姚巍山這傢伙早就該換掉了。」

馮玉清詫異地說：「這傢伙這麼不得人心啊？」

傅華說：「這傢伙私心太重，格局又小，真的不合適做市長。」

馮玉清說：「姚巍山私心重這我知道，他去海川做這個市長，手腳就一直沒乾淨過，但是你說他格局小又是為什麼啊？」

傅華分析說：「有兩方面的原因，一是他到海川之後，並沒有想在市政方面有什麼作為，而是一味的打著小算盤；第二，眼裏沒有大局，雖然說官場上離不開鬥爭，但是這傢伙把鬥爭的目標放在像我這樣比他級別低很多的人身上，而不是像孫守義那種同級別的官員上，這怎麼說也不能算是格局大吧？咦，馮書記，您準備把他調走嗎？」

馮玉清搖搖頭說：「調走？不會的。」

傅華奇怪地說：「您既然不把他調走，那考慮什麼新市長人選啊？」

馮玉清說：「我猜姚巍山很可能要出事了。我剛才去拜訪了一下趙老，在談話中，趙老試探我對姚巍山的態度，我說我對他很失望，你明白這其中蘊含的意味了吧？」

傅華知道趙老跟孫守義的關係，趙老試探馮玉清對姚巍山的態度，其實是在替孫守義試探馮玉清。而馮玉清說對姚巍山很失望，也就是在告訴孫守義，她已經放棄了姚巍山。如此一來，孫守義很可能就會對姚巍山有什麼動作了。

傅華說：「我明白了，孫守義也許就要對姚巍山有所動作了。」

馮玉清點了一下頭，說：「我猜應該是這樣的，只是不知道他會在什麼地方下手。」

傅華想了想說：「孫守義這個人很精明，我猜就是他要對姚巍山動手，也絕對不會自己出馬的。」

馮玉清無所謂地說：「管他是誰動手呢，反正我可以借機擺脫姚巍山這個麻煩了。現在我需要考慮的是接替姚巍山的人選，這次我需要慎重些，絕不能再重蹈姚巍山的覆轍了。傅華，談談你對海川市現有幾個副市級的官員的看法吧，看看誰最合適來做這個市長。」

傅華評論說：「從能力上講，曲志霞和胡俊森都有做市長的實力。不過胡俊森資歷尚淺，再是個性有些衝動，不是那麼圓融，需要磨練一下才適合。」

馮玉清笑說：「那你的意思是想推薦曲志霞了？」

傅華說：「我覺得她可以。」

馮玉清卻說：「我覺得曲志霞並不合適，一來她在海川這麼久，並沒有什麼特別出色的表現，一下子讓她全面負責海川這樣一個工業大市，我擔心她無法擔得起來。二是她一直對孫守義亦步亦趨，恐怕做了市長之後還是會這樣，我希望新的海川市市長能夠獨當一面，而不是成為孫守義的傳聲筒，看來這個新市長要考慮從外面調人了。」

傅華聽了說：「您如果這樣想的話，那恐怕也要將曲志霞調走。姚巍山在海川一直沒什麼作為，除了自身原因之外，很大程度上也是因為受制於孫守義和曲志霞之間的結盟。您如果不把曲志霞也調走的話，新來的市長還是會無所作為的。」

馮玉清想想也是，市委書記和常務副市長結盟的話，基本上就可以把市長給架空，因為那樣的話，市政府的大事由市委書記把持的市委常委會決定，而小事由常務副市長直接掌控，中間這個市長基本上就無事可做了。

馮玉清沉思說：「這個我再想想吧，如果必要的話，也可以將曲志霞調到別的不那麼重要的市去做市長。我對胡俊森其實是看好的，但是這個人確實如你所說的不夠成熟，需要磨練一下才能夠走上更重要的崗位。」

傅華不禁說道：「如果照您這個方案，海川市的領導層將要大洗牌了。」

馮玉清提醒說：「傅華，這件事還在醞釀當中，究竟會不會這麼做還很難說，我們今天的談話你要注意保密啊。」

傅華笑笑說：「您放心好了，我的嘴絕對是很緊的。」

晚上，羅茜男家。

好一番折騰後，傅華和羅茜男都癱軟在床上。

這時，傅華的手機響了起來，是胡瑜非的號碼，傅華接通了說：「胡叔，這麼晚了您找我有事啊？」

胡瑜非說：「不是我找你有事，而是你阿姨生你的氣了，說你答應要帶冷家那丫頭來吃飯，怎麼就沒消息了？」

傅華推托說：「胡叔，我這幾天很忙，還沒來得及跟冷子喬聯繫呢。」

胡瑜非斥責說：「藉口，再忙，打個電話的時間總有的吧？傅華，我可提醒你啊，你如果不怕下次來我家你阿姨給你白眼看，那你就不要去聯繫冷子喬好了。」

傅華趕忙告饒說：「好好，胡叔，我明天就聯繫她，行了嗎？」

胡瑜非笑說：「你自己看著辦吧。掛了啊。」

胡瑜非那邊剛掛了電話，這邊羅茜男一腳就踹在傅華的屁股上，笑罵道：「你這個壞蛋，吃著碗裏的望著鍋裏的，這又從哪裡冒出個女人來啊？」

傅華解釋說：「是胡夫人介紹我認識的一個小女孩，我並沒有想跟她交往。怎麼，你吃醋了嗎？」

羅茜男嗤說：「才沒有呢，我只是討厭你還沒從我的床上下去，就去談論別的女孩子。」

傅華開玩笑說：「那你還是吃醋了，誒，羅茜男，只要你同意對外面宣布你是我的女朋友，這些鶯鶯燕燕的自然就會從我身邊離開了。」

羅茜男笑說：「誒，傅華，你別把自己說的那麼癡情好不好，好像你只喜歡我一個人一樣。」

傅華打趣說：「我不是這個意思，我是說那些女人看到你這麼兇悍，一定會因為怕挨打而離得我遠遠的。」

「去你的吧，」羅茜男又踹了傅華一腳，說：「我就知道狗嘴裏吐不出象牙來。」

傅華笑說：「好了，羅茜男，有話說話，別動手動腳的行嗎？」

「這你不能怪我啊，是你太欠揍了。」羅茜男隨即瀟灑地說：「誒，傅華，我只是跟你開玩笑的，如果你真的遇到喜歡的女孩，你就去交往吧，別因為我耽誤了好姻緣。我不能給你婚姻，也就沒有理由阻攔你去交往結婚的對象。反正我們之間一切隨緣，你想我了，過來我歡迎，不來找我，我也不會去纏著你的。好了，不說這些了，誒，傅華，有件事我想問一問你的意見。」

「什麼事啊？」

「今天上午睢才燾到公司找我，說他父親的案子二審已經結束了，他對國內的環境有些厭倦，想要離開，去德國發展，問我要不要買下他在豪天集團的股份。」

齊隆寶已經被有關部門收押，睢才燾失去了最大的一個靠山，也無法再與羅茜男對抗了，此時抽走資金去國外發展，對他來說確實是一個明智的選擇。

傅華便問：「他開了什麼樣的價碼？」

羅茜男說：「他說現在熙海投資的兩個項目已經初具規模了，他的投入也該有一些收益，所以他要求比原來投入的資金溢價百分之三十的金額出售股份。」

傅華立即搖搖頭，說：「這傢伙想搶劫啊，投入這麼短的時間，就想拿走百分之三十的利潤。你沒跟他往下壓壓價？」

羅茜男說：「壓不下來，他說如果我不接受的話，他就把股份賣給別人。」

傅華說：「那你是怎麼看這件事的？」

羅茜男說：「雎才燾擺明了是想敲我的竹槓，所以我想拒絕他。我就不信還有別人敢來蹚這灘渾水。」

傅華想了想說：「雖然不見得有人敢來蹚渾水，但是也不排除真的有人敢這麼做，為了保險起見，還是買下來比較好。你跟雎才燾說，我們可以分期付款買下這部分股份。」

傅華之所以提出這個辦法，是因為熙海投資手頭並沒有足夠的資金收購睢才燾的股份。他收到的預購款都用來還給天策集團和收購金牛證券用了，第二筆預購款還沒有到付款的日期。

「不行的，我知道我們手頭現有的資金不夠收購睢才燾手中的股份，所以跟他談過要分期付款的方式，但是睢才燾明確表態不接受，他說要就全額付款，不然他就會賣給別人。」

傅華相信睢才燾肯定知道熙海投資和豪天集團的財務狀況，抬高價格的同時卻又不肯接受分期付款，就是表明不想賣給羅茜男父女的意思了，看來睢才燾並沒有真的想要把股份賣給羅茜男父女，只是想借此逼羅茜男父女放棄股東的優先購買權。如果真是這樣的話，那這個接手股份的人很可能就是來者不善了。

羅茜男心煩地說：「傅華，我想過了，乾脆就讓睢才燾把股份賣給別人算了，我就不信那個接手的傢伙，能夠從你我聯手下討到什麼好處去。」

傅華心中有些不安的感覺，不過他也沒有別的選擇，只好無奈地說：

「睢才燾不肯接受分期付款，我們就算是想買下來也沒錢啊，看來也只好這樣子了。」

第二天，傅華打電話給冷子喬，想早點把胡夫人吃飯的事給應付過去。

「冷子喬，今天晚上有空嗎？」

冷子喬說：「傅華，你想幹嘛？不會是想跟我約會吧？」

傅華笑笑說：「是啊，不可以嗎？」

冷子喬擺出高姿態說：「可以是可以，不過想要我答應你出去約會，必須有點誠意才行。」

傅華說：「誒，冷子喬，你不會是又想敲我的竹槓吧？」

冷子喬反駁說：「什麼叫又啊，好像我敲過你竹槓一樣。」

傅華叫說：「誒，你有點良心行嗎，這麼快就忘啦，上次吃牛排可是宰了我好幾千塊啊。」

冷子喬嬌嗔說：「小氣鬼，吃你一頓牛排就記到現在啊?!」

傅華說：「難道非要吃昂貴的才叫有誠意嗎？」

冷子喬說：「那是當然啦，這可以彌補我們之間的差距啊。」

傅華不解地說：「我搞不明白，為什麼吃昂貴的東西能彌補我們之間的差距？」

冷子喬分析說：「這麼簡單的道理你還想不明白啊？你看，別人一看我們，就知道我們有年齡上的差距，如果你帶我去昂貴的餐館，別人就會覺得你出入這樣的餐館肯定是成功人士，成功人士身邊就該帶一個年輕漂亮的女孩，典型的美女傍大款嘛，這樣你有面子，我也有面子，多好啊；可是如果你帶我去什麼路邊攤的話，別人就會覺得這個女孩不知道怎麼瞎了眼了，跟上一個又沒錢又老的男人，那我多丟臉啊！」

傅華笑了起來，說：「我真服了你，歪理一套一套的。不過，我今天非要跟你叫叫板，我要帶你去個連錢都不用花的地方去吃飯，你去不去啊？」

「連錢都不用花？」冷子喬狐疑地說：「傅華，你不會是想要拿什麼優惠券之類的東西請我吃飯吧？那我可不去，我受不了那些服務員那種蔑視人的眼神。」

傅華賣著關子說：「連優惠券都不用，反正什麼錢都不用花，你到底去不去啊？」

「真的不用花錢？那肯定吃不到什麼好東西，本小姐向來講究生活品質，這種地方打死也不會去的。」冷子喬直接拒絕了。

傅華笑說：「你不再考慮考慮？」

冷子喬想也沒想地說：「絕不考慮，而且我還要鄙視你這種吃白食的男人，你也年紀一大把了，幹什麼不好啊，去蹭飯吃，也不嫌丟人。」

傅華說：「好，冷子喬，這可是你說不去的，你可別後悔啊。」

冷子喬肯定地說：「你放心好了，我絕對不會後悔的。」

傅華說：「那我可就告訴胡夫人了，不是我不想帶你去她家吃飯，而是你打死也不肯去的。」

第八章

意外收穫

林雪平說：「陸伊川跟我吹噓姚巍山的關係相當鐵，
只要我能處理好在龍門開發區的事，
他會幫我跟姚巍山溝通，讓我在仕途上一路上升。」
這可算是一個意外的收穫，
是姚巍山和李衛高的一條新罪行了。

李衛高在看守所的第一個晚上就失眠了，他前一次進看守所是很久以前的事了，但是這裏跟他記憶中的看守所基本上沒發生過什麼變化。時光好像又回到了過去，噩夢再一次回來了，讓這些年來過慣養尊處優生活的他怎麼能夠睡得著呢。

雖然睡不著，李衛高卻並沒有亂了方寸，他對應付警方的偵訊心中還是有些章法的，他已經從頭到尾把自己做過的事梳理了一遍。按照他自己的評估，到現在為止，警方掌握的僅僅是他偽造身分的罪行，其他的事，警方應該是沒有什麼證據。

這就簡單了，只要他咬緊牙關什麼都不說，那就只需要承擔偽造身分一項罪名就可以了，這是刑罰相對較輕的罪，甚至有可能會被判緩刑，連一天牢都不用坐。因此從警方把他帶走的那一刻，李衛高已經打定主意，不管警方問什麼，他都一律回答不知道，這樣在沒有口供的前提下，警方只好利用已經掌握的證據來定他的罪。

李衛高希望這件事能夠速戰速決，看守所可是大凶之地，多待一天就多一分的危險，如果被警方查出他其他更嚴重的犯罪，那他可就完蛋了。

但是令李衛高納悶的是，警方將他帶到看守所後，並沒有馬上就提審他，而是將他扔在看守所之後就不管他了。這讓已經做好應付審訊工作心理準備的李衛高未免有些失望，似乎一開始他的如意算盤就沒能打響。

而且不僅僅是第一天沒有審訊他，接下來幾天，警方也都沒來審訊，似乎他們把他抓來之後就把他給忘記了。

這時候，李衛高心中越來越沒有底氣了，他不知道警方是真的把他給忘了，還是另有其他企圖。如果是後者，那他們的目的可就不僅僅是為了追究他偽造身分的罪行，而是有更大的目標啦。

海川市公安局，局長辦公室。

姜非正在看一份案卷，桌上的電話響了起來，姜非看看號碼，是他的老同學馬林庭打來的。馬林庭是乾宇市公安局刑偵大隊的大隊長，正是那天帶隊去抓李衛高的那個刑警。

姜非抓起電話，笑著說：「誒，老同學，你不會這麼快就把李衛高給拿下了吧？」

馬林庭說：「你想得倒美，我還沒開始審訊他呢。我打電話給你，是想問你你，就這麼把李衛高給晾在那裏有用嗎？」

姜非老神在在地說：「對別人我不敢講，對李衛高絕對是有用的。我以前跟這傢伙打過交道，他是個智商很高，很懂得應付審訊技巧的罪犯，你想要拿下他，就必須要玩點心理遊戲才行。先熬到他沉不住氣再說。反正他偽造身分的罪行證據確鑿，這個案子就沒有什麼超期羈押的問題，你就繼續關著他吧。」

馬林庭擔心地說：「可是我總覺得這樣有點冒險，我們手中只有他偽造身分的證據，其他什麼都沒有，一旦被這傢伙看穿了我們的企圖，頑抗到底的話，那我們可就拿他沒轍了。」

姜非說：「你放心吧，這只是想打亂他的陣腳而已，我會趁這段時間做深入的調查，到時候我會給你足夠讓他低頭認罪的證據的。」

馬林庭這才放心說：「那就好。」

馬林庭掛斷電話，姜非心想，要李衛高認罪，必須做更多更為縝密的調查才行。想到這裏，姜非就去了孫守義的辦公室。

「姜局長，李衛高現在情形如何啊？」

姜非報告說：「我還沒審問他呢，目前我們手頭的證據只能證明他偽造身分而已，其他的證據還很薄弱，因此，我打算先調查當初海川市政府委託天下娛樂拍形象宣傳片的事，看看費用裏有沒有什麼問題；再是，林雪平在雙規期間，為什麼會突然改變口供。」

孫守義說：「你懷疑林雪平改變口供也與李衛高有關？」

姜非點點頭說：「李衛高與伊川集團和姚巍山兩方都關係密切，很多事他都應該涉入其中，如果把李衛高被抓這件事透露給林雪平，也許林雪平會承受不住壓力，主動供出我們想要的東西，我們就可以利用這些，迫使李衛高不得不主動交代他的罪行。」

孫守義想了一下，當時他是為了伊川集團的項目想保住姚巍山，所以才沒有讓市紀委去調查林雪平改口供這件事，現在他想扳倒姚巍山，重啟對林雪平的調查也就很有必要了。

不過姚巍山畢竟是海川市市長，在沒得到有關部門的允許之前，就對姚巍山展開調查並不合適，所以這件事不能明目張膽的去做，就交代說：「你可以去調查林雪平，不過這件事很敏感，在省裏沒有同意對姚巍山展開調查之前，這件事不宜公開，最好是秘密進行。」

姜非點點頭說：「我知道，孫書記，回頭我會跟紀委的陳書記協調一下，安排秘密審訊林雪平。」

孫守義又說：「至於天下娛樂拍片費用的問題，目標太明顯了，而且需要從海川市財政調取相關費用的單據，很容易驚動姚巍山，暫且還是不要，你先看看能不能從林雪平這邊取得突破吧。」

姜非說：「好的，孫書記。」

深夜。林雪平在他被看押的地方正睡得迷迷糊糊，突然被人叫醒帶到了審訊室裏。

看到來提審他的，居然是海川市公安局的局長姜非，意外地說：「姜局長，我的事好像不屬於公安局管轄的範疇吧？」

按照法律規定，官員行賄受賄屬紀委和檢察院管轄，而公安局只管理一般市民的刑事犯罪，是管不到像林雪平這樣的犯罪行為的。

姜非稱讚說：「不錯啊，林雪平，你對法律還挺精通的啊。是啊，你行賄受賄的罪我是管不到，但是不代表別的事我也管不到。」

「別的事？」林雪平皺了一下眉頭，說：「我好像沒有別的事了吧。」

姜非說：「你先別那麼肯定，我先說明我的來意，李衛高這個人你認識吧？」

聽姜非問他認不認識李衛高，林雪平心裏咯登一下，他的很多事李衛高可都是有份參與的，特別是他行賄姚巍山買官，更是李衛高從中仲介的，姜非這時候突然提及李衛高，不會是李衛高出了什麼事吧？

但是林雪平又不能否認認識李衛高，伊川集團能夠落戶龍門市開發區，李衛高在其中起了關鍵作用，他沒有理由不認識李衛高，只好盡量用自然的語氣說：「李先生我當然認識了，怎麼了？認識他也犯法嗎？」

姜非笑說：「你稱他李先生，看來對他很尊重啊，你是不是拿他當作很了不起的大師啊？如果我告訴你，他不叫什麼李衛高，而是個被釋放的詐騙犯，你會做何感想啊？」

「不可能的，」林雪平驚訝地說：「李先生仙風道骨，是易經界的大師，怎麼可能是詐騙犯呢？」

姜非說：「看來你中他的毒真是很深啊，什麼狗屁大師啊，他真正的身分是詐騙犯高二寶。現在他因為涉嫌犯罪，被乾宇市公安局拘留了，經我們審查後，交代了很多與你有關的事，乾宇市就給海川市公安局發了協查令，要求我們查清楚高二寶所交代的事是否屬實，所以我就來提審你了。」

林雪平聽到這裏，心裏直喊：完了完了，這個李衛高，不是，應該是高二寶！既然被抓，自己的事肯定被他交代了出來。

姜非看著林雪平說：「林雪平，我把為什麼來找你的原因已經告訴你了，現在，該你把你和高二寶的罪行交代一下了吧？」

林雪平雖然知道事態很糟，但他還是心存僥倖，不想馬上就繳械投降，就撇清說：「姜局長，我雖然認識高二寶，但是跟他並不熟，我跟他可沒有做過違法的事。」

姜非質問說：「你跟他不熟，也沒做過違法的事，那乾宇市公安局又為什麼會發什麼協查令給海川市公安局啊？林雪平，請你再仔細認真地想一想，你跟高二寶到底做沒做過違法亂紀的事？你可要想清楚了，因為將來這個一定會影響到你的量刑。」

看姜非好整以暇地看著他，林雪平心中就有些發毛，這似乎意味著相關部門已經掌握了充分的證據，因此姜非才會這麼勝券在握的樣子；還是姜非是故意騙他上鉤的呢？

交代還是不交代，林雪平心中有點拿不定主意，他猶疑地說：「姜局長，這個，我……」

姜非笑了一下，說：「林雪平，看來你還心存幻想啊，你是不是以為你不說，高二寶也不會說啊？好吧，你要頑抗到底也由你，我無所謂，反正高二寶提供的罪證也足以將你定罪了。只是將來法院判刑的時候，你可別後悔啊。行了，今晚就這樣吧，你回去吧。」

姜非說完，就收拾了一下案卷，一副想要結束審訊的樣子。

看姜非絲毫沒有逼迫他交代的意思，林雪平徹底的慌了，趕忙對姜非說：「姜局長，您先別急著走啊，我向你坦白，當初我為了當上開發區的區長，向姚市長行賄了三萬美金，這件事就是高二寶的主意。後來也是他買通了紀委的工作人員，幫他傳遞消息給我，讓我撤銷了關於行賄姚市長的口供。」

姜非心裏暗自偷樂，心說：果然不出意料，這個林雪平還真是意志薄弱，一嚇唬就什麼都說了。

姜非又看了一眼林雪平，說：「就只有這些？你再想想，還有沒有什麼遺漏的地方？」

林雪平搖搖頭說：「沒有了。」

姜非追問道：「你再想想，真的沒有了嗎？」

林雪平肯定地說：「我跟他的事就這麼多了。」

姜非提示說：「不只是你們之間的事，你也可以講你知道關於高二寶其他的犯罪行為，你要是講出有用的線索，就可以戴罪立功，我會幫你爭取減刑的機會。」

林雪平想了想說：「我還知道高二寶另外一件事，不過，我只是聽陸伊川說過，手裏並沒有證據。」

姜非說：「只要是有價值的線索，都算是你的立功表現，說吧，你知道的另外一件事是什麼事啊？」

林雪平說：「是這樣的，有一次陸伊川喝酒喝多了，跟我吹噓說，他跟姚巍山的關係相當鐵，因為在伊川集團貸款這件事情上，他付了姚巍山和高二寶巨額的好處費，只要我能幫伊川集團處理好在龍門開發區的事，他就會幫我跟姚巍山溝通，讓我能夠在仕途上一路上升。」

這可算是一個意外的收穫，是姚巍山和李衛高的一條新罪行了。

姜非說：「這件事我會調查的，如果查證屬實，你就是立了一功了。你再想想，還知不知道他們其他的事。」

林雪平苦著臉說：「我知道的就這麼多了，其他真的沒有啦。」

姜非到此已經十分的滿意了，就笑笑說：「那行，你就先回去吧。」

第二天一上班，姜非就打電話給馬林庭，說：「老同學，我掌握了一些新情況，是一個跟李衛高同案的犯人筆錄，我傳真給你，你可以拿這個跟李衛高接觸一下。」

姜非就把林雪平的筆錄傳給馬林庭，馬林庭看了筆錄後，高興地說：「行了，有這份東西，我管保讓他馬上把罪行都交代出來的。」

姜非傳授秘訣說：「恐怕還是不行，李衛高的心理防衛很強，不會像你想像的那樣容易認輸的，這樣，你把林雪平說的適當地透露一些給他，看看他的態度，如果他低頭認罪了，那是最好；如果他還是不肯招，你就不要繼續審他，讓他回監室，再晾他一段時間，只有這樣才能讓他崩潰。老同學，你聽我的，這可是一條大魚，如果你能徹底的擊潰他的話，一定會有很大的收穫的。」

馬林庭聽了說：「好吧，我就按你說的試一試，希望真能像你說的，抓住這條大魚。」

姜非笑說：「你去試吧，絕對不會讓你失望的。」

乾宇市看守所。

李衛高正看著監室的牆壁發呆呢，接連幾天警方都沒來提審他，讓他已經慢慢品出點味道了，警方這是在跟他玩心理戰呢，想要讓他沉不住氣。

看來這幫傢伙抓他是有更大的目標，看樣子，警方手裏應該沒有什麼過硬的證據，所以才會遲遲的不來提審他。

就在這時，看守所的管教喊了他的名字，讓他出去，說有警員來提審。李衛高暗自好笑，這幫混蛋耐性還是不夠，只熬他這麼幾天，就沉不住氣來提審他了，應該不太難對付。

李衛高被帶到審訊室裏，那天抓他的兩名員警已經等在審訊室裏了。這兩個員警在抓他的時候出示過證件，他知道其中為主的是叫馬林庭，是乾宇市公安局刑偵大隊的大隊長。

李衛高對馬林庭主動打招呼說：「馬警官，我們又見面啦。」

馬林庭看李衛高老神在在的樣子，心中也有些佩服，他做警察這麼多年，見過很多在外面呼風喚雨、牛皮到不行的厲害角色，一進到看守所便馬上變成一灘爛泥，能夠像李衛高這麼鎮靜的人，倒還真是不多。

馬林庭暗自警惕，看來姜非可能真說對了，關這幾天，並沒有把李衛高的陣腳給打亂，說不定還真的需要再把這傢伙晾上一段時間才行。

馬林庭問：「高二寶，這幾天在看守所待得還習慣吧？」

李衛高無所謂地說：「也沒什麼習慣不習慣的，很小的時候我媽就跟我說過，人就是一個賤種，有享不住的福，卻沒有吃不了的苦，所以看守所這點苦我還是能受得了的。」

馬林庭笑說：「想不到你還是個聽媽媽話的好孩子啊，那你媽媽有沒有跟你說過，人要多做好事，不要做違法亂紀的事，做了違法亂紀的事是會受到嚴厲的懲罰的啊？」

李衛高說：「當然說過啊，不過我當時沒有把她老人家的話聽進去，所以才會落到又被你給抓進來的下場啊。誒，不聽老人言，吃虧在眼前啊。」

馬林庭說：「現在知道錯了也不晚啊。」

李衛高嘆說：「怎麼會不晚呢？馬警官，難道說，我認錯了，你就可以不懲罰我了嗎？」

馬林庭笑說：「那當然不會，不過，如果你誠心認錯，能夠主動交代自己的罪行，法院一定會認真考慮你的態度，對你從輕或者減輕刑罰的。所以，高二寶，你能不能獲得改過的機會，就要看你跟我們警方配合得如何了。」

李衛高笑了起來，說：「馬警官，你就別逗我玩了好不好啊？偽造身分又不是什麼重罪，而且我犯罪的事實你們大致上也都掌握了，我就算是不交代，你們也清楚我究竟做了什麼，所以我招不招供，結果都是一樣的。」

馬林庭說：「高二寶，你很會避重就輕啊，你以為我們把你叫來，僅僅是為了一件偽造身分的案子嗎？」

李衛高暗道：這幫傢伙抓我果然是有別的目的，便信誓旦旦地說：「馬警官，我不知道你究竟在說什麼，我出獄後，早就是洗心革面、痛改前非了，除了為了不讓別人知道我曾經坐過牢，花錢辦了一個假身分之外，我可都是奉公守法的，再沒有做過任何違法亂紀的事。」

馬林庭不禁說：「高二寶，你臉皮可真厚啊，居然敢在我面前說什麼奉公守法，再沒有做過違法亂紀的事，你是不是以為你做的那些事沒有人知道啊？我告訴你吧，只要你做過的事情，都會留下尾巴，我們警方就能抓住你的尾巴給你揪出來。」

李衛高看著馬林庭的眼睛，自問做事一向手腳乾淨，不會留下什麼尾巴的，馬林庭這話虛聲恫嚇的成分很大，就一副無辜的表情說：

「馬警官，我真的不知道你說的是什麼，我想你是對我有所誤解吧？我現在專心研究易學，接觸的也都是社會上的成功人士，比方說政府官員、富甲一方的商人、影視圈的明星之類的，他們都是很愛惜羽毛的人，我如果真的做了違法的事，他們首先就不會跟我做朋友的。」

馬林庭笑笑說：「高二寶，你說的這些愛惜羽毛的人當中，是不是也包括海川市龍門開發區的區長林雪平啊？」

聽到林雪平的名字，李衛高心頭一震，馬林庭這麼說，是不是從林雪平那裏掌握了什麼情況啊，不過，林雪平對他的事所知有限，而且他也已經否認了行賄姚巍山的事。除了這件事情之外，林雪平再也沒有別的事跟他扯到一起了。

想到這裏，李衛高就很有自信的說：「馬警官，我是認識林雪平，不過他算不上是我的朋友，我是不會跟他那種行為不檢的人做朋友的。」

馬林庭反問道：「高二寶，你不跟他做朋友，但是他可是把你當做好朋友的，還說你在很多事情上幫他出謀劃策，甚至指點他如何去行賄買官。」

「胡說！這絕對是林雪平在污蔑我！」李衛高做出一副義憤填膺的樣子說：「馬警官，你要知道，林雪平這傢伙一直對我很有意見，幾次想向伊川集團的董事長陸伊川索賄，都被我出面給擋了回去，所以他就對我懷恨在心，總想找機會報復我。」

馬林庭聽了，譏諷說：「你挺本事的啊，居然能夠幫陸伊川擋住政府官員的索賄。」

李衛高說：「這倒不是我本事，而是我認識海川市的市長姚巍山，林雪平怕我向姚市長告他的狀，所以對我有所忌憚。」

馬林庭點點頭說：「原來是這樣啊，這麼說，你跟海川市的市長姚巍山很熟了？」

李衛高看了馬林庭一眼，他懷疑他的被抓，警方真正想要對付的目標是姚巍山，如果是那樣，他就不能牽涉到姚巍山了，就說：「也不能說熟啦，也就是認識而已。」

馬林庭質問道：「可是林雪平不是這麼說的，他說你跟姚市長關係很親密，所以他才會讓你仲介，向姚市長買官的。」

「他胡說八道！」李衛高憤怒地叫道：「姚市長是個相當清廉的官員，絕對不會做出賣官這種事的，這些都是林雪平對我和姚市長的污蔑。」

馬林庭問道：「高二寶，既然這是林雪平對你和姚巍山的誣衊，那你為什麼還要收買紀委的工作人員給林雪平遞話，讓他撤銷指證姚巍山收他三萬美金賣官的口供呢？」

李衛高愣了一下，沒想到馬林庭居然查到他收買紀委工作人員的事，不過他很快就神色如常了，搖搖頭說：「我根本就沒這麼做過，這肯定是林雪平玩的把戲，他知道難逃法律的嚴懲，就想胡亂攀咬，拉別人下水。馬警官，你這麼英明，肯定不會上他的當的，對吧？」

馬林庭笑說：「高二寶，你搞錯了，首先，我並不英明，不過，也不會上你們這些犯罪分子的當；其次，你收買紀委工作人員的事，並不是只有林雪平一個人這麼指證你，我們已經調查了被你收買的那個傢伙，他說受你指使，在看守林雪平期間替你向林雪平傳話，要求林雪平改變口供的。」

李衛高的臉色就很難看了，因為馬林庭所說的跟事實基本上是一致的，他知道這件事想抵賴也抵賴不過去。

只是李衛高到這時候還不想徹底坦白，林雪平供出來的僅僅是他所涉嫌的罪行中極小的一部分，他仍然心存僥倖，想把其他罪都遮掩過去，就裝糊塗說：「馬警官，你真是很會編故事，什麼紀委的工作人員，什麼林雪平改口供，這些根本就是你編出來的，我完全不知道還有這樣的事。」

馬林庭搖搖頭說：「高二寶，不得不說你這張嘴還真是很硬啊。不過你再嘴硬也沒有用，你是不是以為我們只知道你和姚巍山、林雪平三個人的這點事啊？呵呵，告訴你吧，這只是我們掌握到的一小部分，其他關於你和姚巍山接受陸伊川的行賄，在貸款方面對他提供幫助的事，都在我們的掌握中。」

李衛高狡辯說：「馬警官，你別信口雌黃了，伊川集團獲得貸款的過程完全是合法的，哪裡有行賄的事。」

馬林庭說：「高二寶，我有沒有信口雌黃你心裏很清楚，你不要以為陸伊川現在在香港，我們就沒辦法調查了，跟你這麼說吧，我們已經聯繫香港的廉政公署，讓他們把陸伊川請去喝咖啡了。你是不是覺得陸伊川能扛得住廉署的詢問啊？」

馬林庭又笑笑說：「你知道我現在最想知道的事是什麼嗎？我最想知道的是，當陸伊川得知你這個大師的真實身分其實是一個刑滿釋放的犯人，他臉上會是一種什麼樣的表情，我想他肯定不會很高興的。」

馬林庭提及廉政公署，是他的臨場發揮，想要借此給李衛高施加心理壓力，實際上警方並沒有要求香港廉政公署對陸伊川採取行動，但這話聽到李衛高的耳裏，卻讓他震驚不已。

他知道廉政公署在反貪污賄賂的名氣可是很大的，港商對廉署請喝咖啡都是聞之色變。陸伊川真要是被請去喝咖啡，那他行賄姚巍山貸款的事一定會敗露的。

馬林庭看到李衛高的神情不再是那麼從容不迫，就知道他說廉政公署請陸伊川喝咖啡的事，已經讓李衛高開始動搖了。這時候也許就該像姜非說的那樣，晾一下李衛高了，讓李衛高回監室去，把他說的這些好好消化一下。

想到這裏，馬林庭就說：「高二寶，我知道你現在又要跟我說，我說的這些都是信口雌黃了，無所謂，反正你不說，陸伊川也會說的。你現在可以回監室了，我等廉政公署拿到陸伊川的口供再來跟你談吧。」

馬林庭說完，就收拾好案宗，讓看守所的管教將李衛高帶回監室，離開了看守所。

從看守所出來，馬林庭就打電話給姜非，回報說：「老同學，你這招還真是管用，我看高二寶快要扛不住了，剛才我把他送回監室的時候，他的臉色別提有多難看了，幾次欲言又止，似乎是想要招供的樣子。我想不出意外的話，他這一兩天就會徹底坦白的。」

姜非聽了，笑說：「他現在肯定慌了，這時候你可一定要沉住氣，在他主動找你之前，你千萬不要去找他。」

馬林庭說：「我知道，我一定會好好晾晾他的。」

此時回到監室的李衛高心裏亂成了一團麻，他原來想的堅不吐實，警方最終會拿他沒轍的計畫是無法實行了，現在警方雖然還沒有得知他的全部犯罪事實，但是已經掌握了主要的線索，只要根據這些線索查清他的罪行，是遲早的事。

再是，警方掌握的線索，已經將姚巍山和陸伊川牽涉了進來，李衛高對自己有信心，相信他能扛得住馬林庭的審訊，堅決不招供；但是他對姚巍山和陸伊川可沒這種信心。特別是姚巍山那傢伙，上次林雪平咬出他受賄三萬美金的事，他就慌張的跟什麼一樣。這次警方掌握了更多的線索，那他還不馬上就把事情都坦白交代了啊？

這可怎麼辦啊，現在已經不是偽造身分那麼簡單了，還牽涉到巨額的行賄，照法律的規定，這次最少也要被判個十年八年的，這麼長時間，想想都令人害怕。這幾年他靠騙術風生水起，吃的用的都是最好的，早已習慣享受豐富的物質生活，再讓他去受監獄那種苦，他肯定受不了的。

這幾天他在看守所勉強還能挨得下去，是因為他以為警方只掌握了他偽造身分的罪，只要他咬牙堅持不說，沒多久就可以出去繼續過他大師的生活。但現在的情況是警方掌握的遠比他想像的還要多，照此看來，他就不可能很快脫離牢獄生活了。

一想到監獄裏豬食一般的飯菜以及硌人的木板床，李衛高渾身都不自在。不行！他要儘快從這裏逃出去才行。李衛高現在想的不再是跟警方頑抗到底，而是如何從眼前的困境中脫身了。

在陸伊川行賄姚巍山的這個案子中，他並不是主嫌，不過是仲介者，是從犯的角色，只要他在警方掌握姚巍山和陸伊川的罪行之前先揭發他們，就可算是認罪態度良好，是可以爭取減輕刑罰的。

反正他跟這兩個人也沒有什麼真正的交情，這兩個人不過是被他騙的傻瓜而已，現在再讓這兩個傻瓜為他做最後一次貢獻，讓他能夠得以立功贖罪，也算是物盡其用了吧。

李衛高就打定主意要出賣姚巍山和陸伊川了。

馬林庭的車剛離開看守所沒多遠，他的手機就響了起來，是看守所的人打來的，說李衛高有重要的情報想要馬上跟他說，問他可不可以儘快回看守所。馬林庭忍不住笑了出來，沒想到李衛高這麼快就撐不住了。

馬林庭就趕回看守所，把李衛高從監室裏提了出來。

李衛高見到馬林庭，立刻討價還價地說：「馬警官，我如果向你檢舉姚巍山和陸伊川的罪行，算不算是立功表現啊？」

馬林庭笑說：「當然是啦，只要你說出警方還未掌握到的其他罪行，都是立功表現。」

李衛高說：「那如果有立功表現，是不是就可以獲得緩刑啊？」

馬林庭安撫說：「我覺得有很大的機會，你在這個案子中只是從犯，本身量刑的時候就會比主犯輕，你又有立功表現，加上我也會儘量幫你爭取，很有可能會被判緩刑的。」

李衛高聽了說：「那馬警官，你到時候可要真的幫我爭取啊，看守所這地方可真不是人待的啊。」

馬林庭笑說：「你不是說你吃得了裏面的苦嗎？」

李衛高嘆說：「我那是嘴硬而已，人啊，由儉入奢易，由奢入儉難啊，我這些年吃香喝辣的慣了，哪裡還能受得了這個罪啊。」

馬林庭笑笑說：「這倒也是，這樣吧，高二寶，只要你如實的交代，等相關的案情查清楚之後，我會先幫你辦理交保候審，這樣你就不用再在看守所裏受罪了。」

「那真是太好了，」李衛高激動地說：「我一定會把我知道的事一五一十的告訴你的……」

李衛高就把他和姚巍山認識後所發生的事鉅細靡遺都交代了出來，裏面包括他們在海川拍攝形象宣傳片拿到的回扣，也包括陸伊川為了讓姚巍山幫忙貸款，讓他轉手送給姚巍山的美金賄賂……當然也少不了林雪平為了坐上開發區區長的位子而向姚巍山行賄三萬美金的事。

給李衛高做完筆錄後，馬林庭就打電話給姜非，笑著說：「老同學，我已經拿到李衛高的口供了。」

姜非意外地說：「這麼快啊，我還以為他還能再熬上幾天呢。」

馬林庭笑說：「他做了太久的李衛高大師了，骨頭已經沒有做高二寶時的那麼硬啦。下一步你要我怎麼辦？」

姜非想了想說：「既然他全部交代了，那這件事就不是咱們能夠管轄的了，你跟你們局長彙報一下，然後讓局長跟市委書記華靜天彙報，我想華書記肯定會很高興看到這份口供的。」

馬林庭對華靜天和姚巍山之間的恩怨也有所耳聞，那時候姚巍山還在乾宇市任職市委副書記，因為喝醉酒，跟華靜天在酒店裏吵了起來，姚巍山當時借酒裝瘋，揭了華靜天的短，鬧得華靜天很是下不來台。不久，姚巍山就調任海川市市長，讓華靜天沒能找到機會報復他，只好把氣都撒在姚巍山的好朋友林蘇行身上。

馬林庭可以想見華靜天看到這份筆錄，一定會喜出望外，因為他終於可以借此報一箭之仇了。

馬林庭就說：「那好，我馬上就找我們局長彙報。」

結束跟馬林庭的通話後，姜非就打電話給孫守義報告進度，說：「孫書記，跟您報告，乾宇市順利地拿下了李衛高，他已經全都招供了。」

孫守義滿意地說：「不錯啊，姜局長，這件事你辦得很好。不過有件事你還是要注意，想辦法找人盯住姚巍山。李衛高被抓也有幾天了，我擔心姚巍山已經聽到什麼風聲了。」

姜非說：「這個您放心，李衛高被抓的那天起，警方就有人在注意姚巍山的行蹤了。」

孫守義大力稱讚說：「你考慮事情還真是周全啊。」

結束通話後，孫守義不禁自語道：「姚巍山，你不是愛算計人嗎，我看你這下子去了監獄，還能算計誰！」

孫守義接著抓起電話打給曲志霞，讓曲志霞到他辦公室來一趟。

對孫守義來說，姚巍山這個海川市市長基本上已經是過去式了，他現在要想的是姚巍山倒臺後海川的佈局。

經過這段時間的磨合，他和曲志霞的合作算是相當和諧，他希望曲志霞能夠爭取到市長這個位置，他要儘快的把姚巍山即將出事的消息通知曲志霞，好讓曲志霞早些做好爭取市長寶座的準備。

第九章

來者不善

傅華苦笑說：「我和羅茜男都知道來者不善，
不過我們也沒辦法阻止這件事，
因為我們拿不出買下股份的錢，
雎才燾那個混蛋就是看準了這一點，才會這麼做的。」
安部長聽了說：「那你們就要自求多福了。」

曲志霞很快就從市政府那邊過來，進門後，看著孫守義說：「孫書記，您叫我來是有什麼指示嗎？」

孫守義笑說：「也沒什麼指示了，只是有兩件事想跟你說一下。第一件事情是，我剛剛得到消息，李衛高在乾宇市被抓了，據說這傢伙原來是個被判過刑的詐騙犯，我真是想不明白，為什麼姚市長那麼聰明的人會跟這樣一個傢伙混在一起。」

雖然孫守義沒有直接明說姚巍山要出事，但是曲志霞卻敏銳地感覺孫守義的話中包含著這個意味。

因為姚巍山做的很多事當中都有李衛高的影子，特別是伊川集團貸款的事，更是與李衛高有相當大的關聯。孫守義這個時候特別點名李衛高被抓，也就是在告訴她，姚巍山很可能也會出事。

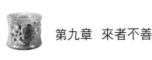

孫守義這是在跟她傳遞一個很微妙的訊息，曲志霞馬上就心領神會了，孫守義這是在告訴她海川市市長的位子很快就會騰出來，她如果要爭取的話，現在就要開始著手準備了。

曲志霞便笑笑說：「老實說我對此也很納悶，據我所知，那個李衛高搞的那一套都是怪力亂神騙人的玩意，也不知道姚市長是真的看不透，還是他們之間存在著別的什麼牽扯。」

孫守義說：「他們之間存不存在別的，我們沒必要去關心，我們只要幹好我們的工作就好啦。曲副市長，我叫你來的第二件事，是想問你伊川集團的事，前幾天姚市長跑來跟我說這個項目已經停工了，這裏面問題的癥結究竟在什麼地方啊？」

如果姚巍山出事，下一步孫守義就不得不接下伊川集團這個燙手的山芋，他得想個辦法把這個燙手山芋給處理掉，因此他此時問曲志霞，是想要曲志霞趕緊著手處理這個麻煩。

曲志霞說：「表面上看，好像是銀行停貸讓伊川集團沒有了後續的投入資金而導致停工的，但我卻認為是冷鍍板材市場惡化，讓陸伊川覺得繼續投資下去並不是一個明智的選擇，所以才藉故把項目停了下來。」

孫守義面色凝重說：「這個問題可就有點麻煩了，海川市財政還為這個項目的貸款擔著保呢，這一停工，銀行的貸款還不上，我們海川市財政可會被牽連的。」

曲志霞苦笑說：「我也在擔心這件事，現在出了這個狀況，海川市財政恐怕會遭到極為慘重的損失。當初我就堅決不同意海川市財政幫伊川集團擔這個保的，但是姚市長卻繞過我直接命令財政那邊做了擔保。」

孫守義面色凝重地說：「姚市長這麼做確實很不負責任，但現在事已至此，我們要想的不是去追究誰的責任的問題，而是儘快想辦法把這個問題給解決掉。」

曲志霞疑慮地說：「孫書記，這個川集團一直是姚市長在負責抓的項目，姚市長最近幾天也一直在跟銀行溝通，想要銀行恢復對伊川集團的放款，在這時候插手，是不是有點早啊？」

孫守義說：「我不是讓你現在就插手解決這件事，而是要你思考一下怎麼徹底的解決這個問題。你也說了，現在的癥結不在資金，而在市場，你要從這個角度上思考一下如何解決這個問題。曲副市長，這時候你就應該多發揮主動，以備將來好多幫姚市長分擔一些工作。」

曲志霞明白孫守義這麼說是要她著手準備應對姚巍山出事後的局面，便點頭說：「我知道了，孫書記，我會回去研究看看這個問題要怎麼解決才好。」

北京，海川市駐京辦。

傅華正在辦公，有人敲門走了進來，傅華抬頭一看，居然是安部長，他趕忙站了起來，說：「安部長，您怎麼會突然來我這兒了？」

安部長笑說：「不要叫我部長，我已經退休了，現在只是平民百姓。」

傅華把安部長請到沙發上坐了下來，一邊奇怪的說：「您已經到退休的年齡嗎？」

安部長面色暗了一下說：「沒有，我是提前退休的。」

「提前退休？」傅華看了安部長一眼。

安部長所在的位置位高權重，一般情況下是不會主動退出工作崗位的；而且看上去安部長的身體很硬朗的樣子，並不是因為健康原因退休的，那安部長的退休可就有點異常了。

傅華猜測很可能是因為齊隆寶這件事導致高層的不滿，這才不得不提前退休的，便試探地說：「不會是跟魏立鵬的死有關吧？」

安部長嘆了聲說：「你很聰明啊，一猜就中。高層認為我這次處理齊隆寶的事有很大的瑕疵，特別是奇怪為什麼透過洛杉磯領事館寄回來的證據會被洩露給香港的媒體，高層就要我徹查。我不想因為調查這件事再鬧得內部雞犬不寧，就主動把責任給承擔了下來，就這樣光榮退休了。」

如果秘密部門真要徹查這次的洩密事件，肯定會查到傅華的身上來，安部長主動承擔責任，其實很大一部分原因是在幫他擋災。他感激地說：「對不起啊，安部長，想不到反而把你給牽累了。」

安部長搖搖頭說：「你這個對不起說得沒理由啊，你對不起什麼啊，東西確實是我給你的嘛。」

傅華氣憤地說：「東西是你給我的不錯，不過您也是為了國家好啊。這些人怎麼能這樣，明明是他們想包庇齊隆寶才導致這個結果的，怎麼能以此來逼您退休呢？」

安部長笑說：「傅華，你搞錯了，不是他們逼我退休的，也沒有人敢逼我退休。我在秘密部門也待了幾十年了，算是這一行中的老前輩了，我想還沒有哪個人有資格和膽量逼我退休的。」

傅華知道安部長倒不是吹牛，安部長在秘密部門幾十年，知道的秘密數不勝數，其中當然也包括一些高層的秘辛，自然沒有幾個人真的有膽量敢去逼迫安部長做什麼事。

傅華就有些奇怪的說：「那您為什麼提前退休啊？」

安部長說：「是因為我心中有愧啊，我把資料交給你的行為確實是違背規定的，我需要為此承擔應負的責任。」

傅華說：「可那也是迫不得已的啊。」

安部長搖搖頭說：「不，其實我還是有別的選擇的，如果我堅持拿到資料就直接查辦齊隆寶的話，也就沒有後來齊隆寶逃到大使館這種事了，也就更不會搞得魏立鵬送掉了性命。」

傅華遺憾地說：「這您也不想啊。」

安部長感嘆說：「可是卻造成了這樣的後果。事後我梳理了一下整件事情的經過，發現我這幾年部長做下來，整個人變得很官僚，遇事先想的不是做部長的責任，而是怎麼保障自己的利益，這與我當初加入這一行時的理想大相徑庭。」

傅華勸慰說：「安部長，誰都是這樣的，我在學校的時候，也是滿腔抱負，想要做個經濟學家什麼的，但現在呢，不過是一個碌碌無為的小官而已。理想都是很美好的，但是真正踏入現實社會，這些都會蕩然無存。」

安部長灑脫地說：「但是我卻不想這樣子下去了。我的人生已經過去了大半，我再繼續做官已經沒什麼意義了。再說，我也厭倦了這一行，我從開始工作就在秘密部門，一晃幾十年，大好的青春都交給這個部門，現在也該是我享受人生的時候了。」

傅華聽了，說：「您這個想法是挺好的，不過讓您這樣經驗豐富的人退出崗位，對這個部門是個很大的損失。」

安部長說：「傅華，你這話我可不認同，這世界少了誰還是照樣運轉的。像當年某某逝世的時候，我和我的同事都認為天要塌了下來，這世界怎麼可以沒有某某呢，可是怎麼樣，第二天太陽還不是照樣升了起來?!」

傅華笑說：「您說的也對，不過，我總覺得您因為這件事退休很令人遺憾啊。」

安部長倒很看得開，說：「我倒不覺得有什麼遺憾的，我那麼做，一方面懲治了賣國的叛徒，另一方面也給被出賣的同事報了仇，也算是達到了我想要的目的，只是，傅華……」

安部長看了傅華一眼，語重心長地說：「高層想要追查洩密事件，目標主要是針對你，我這次把責任攬在身上，只是暫時讓你躲過一劫，不代表事情就結束了，他們還會想別的辦法來對付你的，所以你今後可要小心了。」

傅華莫可奈何地說：「小心是沒用的，既然他們惦記上我了，躲是躲不過的，我也只好見招拆招了。」

這時，傅華的手機響了起來，顯示的是羅茜男的號碼，傅華對安部長說：「不好意思安部長，我先接個電話。」

安部長說：「你接，不用在意我。」

傅華就走到一邊接通了電話，說：「羅茜男，找我什麼事啊？」

羅茜男說：「我想問你一件事，你知道源起有限責任公司嗎？」

傅華想了想說：「這個名字聽起來很陌生，印象中似乎沒聽過這間公司的名字，怎麼了？」

羅茜男說：「沒什麼，就是睢才燾說這家公司要收購他的股份，我想瞭解一下這家公司的底細，可是問了不少身邊的朋友，都不知道這家公司是什麼來頭。」

傅華說：「你上網查一下，能拿得出幾億資金的公司，應該不是小公司，一般情況下是能夠查到他們的資料的。」

「我查過了，沒有這家公司的資料。」羅茜男納悶地說。

「沒有這家公司的資料？」傅華想了一下，說：「那很可能是新建不久的公司，睢才燾告訴過你這家公司的老闆是誰嗎？」

羅茜男說：「是一個叫做杜靜濤的男人。」

傅華說：「那你搜一下杜靜濤這個名字，就應該可以查到這家源起有限責任公司的根底啦。」

羅茜男說：「不行，我查了，網上根本就查不到這個杜靜濤的資料。」

傅華狐疑地說：「那就有些奇怪了，擁有幾億資產的人不可能是籍籍無名之輩，這傢伙是從哪裡冒出來的啊？」

羅茜男說：「我也很納悶啊，傅華，你幫我打聽一下，看有沒有誰知道杜靜濤和源起責任有限公司吧。」

傅華答應說：「好，我會查一下的。」

結束通話後，傅華忽然想到安部長也許會知道這個神秘的杜靜濤和源起有限責任公司究竟是什麼來歷。就問安部長說：「安部長，跟您打聽個人，不知道您認不認識？」

安部長說：「誰啊？」

傅華說：「是個叫做杜靜濤的人，他是一家叫做源起有限公司的老闆，網上查不到他的資料，我懷疑他有特殊身分，有關部門為此刻意隱藏了他的資料。」

安部長看了傅華一眼，說：「你為什麼要打聽這個人啊？」

傅華說：「是這樣的，這個人想要買下睢才燾在豪天集團的股份。」

安部長擔憂地說：「看來那幫傢伙已經著手要對付你和羅茜男了。」

傅華詫異地說：「您的意思是，這個人的來歷與齊隆寶和魏立鵬有關？」

安部長說：「他跟齊隆寶和魏立鵬倒扯不上很大的關係，但是他跟某某高層關係很近。你知道這個源起有限公司的名字來源於什麼嗎？」

傅華搖搖頭說：「我不知道，這個源起還有什麼特別的含義啊？」

安部長說：「那是因為你對現在高層的這幾位領導還不夠瞭解，如果你知道他們的詳細背景情形，就不會納悶這個源起有限責任公司和杜靜濤是什麼來歷了。」

傅華愣了一下，說：「跟幾位高層有關？究竟是哪一位啊？他們的履歷我都有印象，好像沒有哪個是跟這個源起有限責任公司扯上關係的。」

安部長透露說：「官方履歷中當然沒有這一項，不過熟知他們的人都知道，其中一位最初的名字就叫源起，後來據說是有一位精通算命的人跟這個人講，他的命格貴不可言，但是源起這個名字卻起得很不好，不但不會提升他的運勢，反而會影響到未來的發展，於是他就在這個算命先生的指點下改了名字。」

傅華不禁說道：「安部長，您說的該不會是什麼政治八卦吧？」

安部長笑了起來，說：「不是，我跟你說的都是確有其事的，後來這位高層在一些私下非公開的場合還講過這件事呢。只是後來他越來越走到權力金字塔的塔尖，為了避免有不利的影響，這件事他才不再提了。」

傅華思索了半天，搖頭說：「我還是不知道您說的這個人究竟是誰。」

安部長解密說：「我這麼說吧，這個人的姓跟杜靜濤的姓讀音有些相近，你是不是就知道是誰了？」

傅華想了一下高層幾個人的姓，唯一一個跟杜靜濤的姓讀音相近的，只有一位董姓的高層，而這個人也就是那位很維護魏立鵬的高層。

傅華猜測說：「您說的是那個董某某吧？」

安部長點了一下頭，說：「就是他。」

傅華忍不住問道：「這個杜靜濤與董某某是什麼關係啊？」

安部長透露說：「杜靜濤是董某某的私生子，是他未發跡時與一位情人生的。」

傅華反問說：「安部長，我覺得這個故事有點講不通啊，既然源起這個名字不好，沒有理由董某某還要讓自己兒子開的公司用這個名字啊？」

安部長解釋說：「這你就要知道源起這個名字究竟是怎麼來的了。這個名字是董某某的父親幫他起的，所以他並沒有完全把這個名字給拋棄掉，還是會用在一些不太顯眼的地方，以表示父母賜不敢棄的意思。」

傅華大嘆說：「這個人的故事還真是有意思啊，如果真是那名算命先生幫他改了名字，他才有今天的地位的話，那這位算命先生的眼睛還真是夠毒的，居然能夠看得出來這個董某某將來能夠位極人臣。」

安部長說：「這個我就沒辦法解釋了，也許只是碰巧而已。這些你先不要去想了，還是趕緊想辦法阻止睢才燾把豪天集團的股份賣給這個杜靜濤吧。我想杜靜濤攙絕對是不懷好意的。」

傅華苦笑說：「我和羅茜男都知道來者不善，不過我們也沒辦法阻止這件事，因為我們拿不出買下股份的錢，睢才燾那個混蛋就是看準了這一點，才會這麼做的。」

安部長聽了說：「那你們就要自求多福了。」

傅華也知道這個杜靜濤參與進來確實是很可怕，董某某躋身於最核心的高層圈子裏，對他和羅茜男是個極為可怕的存在，董某某隨便伸出一根小手指頭，都可以將他們像踩死一隻螞蟻一樣踩死，不禁臉色難看了起來。

安部長看到傅華面色變得慘白，安慰說：「傅華，你也不要那麼擔心，董某某很強大不假，不過強大和弱小都是一些相對的概念，你最初跟齊隆寶和睢心雄對陣的時候，齊隆寶和睢心雄對你來說也是十分強大的存在，可結果怎麼樣呢，他們現在還不是身陷囹圄。」

傅華苦笑說：「我能贏齊隆寶、睢心雄這兩個傢伙，有很大的運氣成分，而且也是費了九牛二虎之力才將他們搞定的；現在要面對的是比他們還要強大得多的董某某，我真是有點不知道該如何是好了。」

安部長看了傅華一眼，說：「傅華，其實很簡單啊，你和羅茜男眼前只有兩條路可以選，戰鬥或者是投降。如果你覺得這個董某某你們惹不起，那就投降好了。」

「投降？」傅華納悶地說：「怎麼個投降法啊？」

安部長說：「很簡單啊，杜靜濤既然想用買下股份這一招，衝的就是你和羅茜男所擁有的財產，你們只要將財產拱手讓出的話，我想他還是會放你們一條生路的。」

傅華嘆說：「我倒不是捨命不捨財，問題是這些資產還牽涉到很多人，我將資產讓出去，我是沒事了，但是其他人可能就要倒楣了。」

熙海投資當初的設立就是為了給楊志欣解套的，如果他將熙海投資交出去的話，楊志欣的底牌就會被掀開；還有，豪天集團是羅茜男費盡心血才打造出來的，她恐怕寧可捨命，也不會捨棄豪天集團的。

安部長說：「既然你不肯投降，那就更簡單了，剩下的只有跟他們拼了一條路可走啦。」

「拼命?!」傅華苦笑說：「問題是我拿什麼跟他拼啊？」

以前跟雎心雄和齊隆寶對陣時，還有楊志欣和胡瑜非可以依靠，雖然也不是那麼靠得住，但多少還是讓傅華心裏有點底氣，但這回楊志欣早就表明跟他撇清關係，對陣的又是這麼強大的敵人，傅華難免有些心虛。

安部長勸慰說：「傅華，你也不要把董某某想得太過強大了，他還沒有到對誰都毫無顧忌的程度，他想對付你，也必須要找到能對大眾說得過去的理由才行的。」

傅華說：「他只要想找到理由，總是會找得到的，甚至不用找也可以製造出來的，欲加之罪，何患無辭呢。」

安部長開導說：「傅華，我看你是有點被嚇到了，其實你對他並非毫無還手之力，你身邊也有一些強有力的人士，這些人也許不敢直接跟董某某對抗，卻可以起到一些制衡他的作用。」

傅華心說這倒也是，楊志欣胡瑜非雖然不會為了他站出來直接跟董某某對抗，但是如果董某某採用違法的手段對付他，他們應該也不會就那麼坐視不理的。

安部長繼續說道：「再說，位高權重也是一體兩面的，讓董某某強大的同時，也把他置於公眾關注的焦點上，他的一舉一動都有人在看著，想搶他位子的人也很多；這讓他必須比常人更加謹慎才行，不然很容易成為眾矢之的，這就是所謂的高處不勝寒的道理。」

安部長這麼說，讓傅華的心多少安定了些，便對安部長說：「安部長，謝謝您給我打氣，這下子我覺得他沒那麼可怕了。誒，您說這個杜靜濤是董某某私生子的事，有很多人知道嗎？」

傅華曉得一味的害怕根本解決不了問題，他必須要有反制董某某的措施才行。原本他對董某某的事毫無瞭解，想反制也無從著手，但現在安部長告訴他杜靜濤是董某某的私生子，這給了他一個可以攻擊董某某的突破點。

安部長說：「當然不是了，高層領導的私生活是很敏感的事，一般情況下，是不會向社會大眾公開的。我也是因為在秘密部門多年，才知道這個秘辛的。」

傅華譴責說：「這很不應該啊，作為領導，是為公眾服務的，他的私事也就成為公領域的事，應該向大眾公開，否則社會大眾怎麼知道他沒有利用職權為己謀私呢？」

安部長聽了，說：「你是想把杜靜濤是董某某私生子這件事給公開出去？」

傅華點點頭說：「是啊，既然董某某派杜靜濤出來打前站，那我們就應該讓人知道這個杜靜濤究竟是什麼身分，這樣他也就會被置於大眾的視野內，成為公眾關注的焦點人物，他再有什麼動作，就必須要經得起社會大眾的審視才行。」

安部長質疑說：「這個想法是不錯，不過要想要實現這一點，恐怕有些難度，這種事國內的媒體不一定敢去碰的。」

傅華不以為然地說：「那倒不一定，我想高層這幾個人，每個人身後都代表著不同的派系或者勢力，彼此間也存在著利益紛爭，絕非是鐵板一塊。肯定也有人想要看董某某出醜，只要操作得當，這件事還是有機會被報導出來的。」

安部長持保留態度說：「這個可能性是有，但是機會不大。高層這幾個人之所以被選出來，實際上也是不同派系勢力間相互妥協的結果。這種狀態下，各派系間的利益已經達到一個平衡，沒有人會願意輕易打破這個平衡的。」

傅華想了想說：「實在不行，我還是走外媒的路子算了。不過在此之前，我還需要您幫我點忙，我想您一定有能夠證明杜靜濤是董某某私生子的證據。」

證據會說話，要揭發這件事，沒有證據，口說無憑是沒有人會相信的；安部長既然這麼清楚這件事，意味著秘密部門一定握有鐵證證明這件事。

安部長忍不住說：「傅華，你想拖我下水啊？」

傅華笑笑說：「安部長，這可不是我拖您下水，而是我被您拖下水都快要淹死了，現在需要您伸出援手，把我從水裏拉出來。」

安部長反駁說：「誒，你這傢伙，你想賴上我啊？我什麼時候拖你下水了？」

傅華笑說：「這您剛才可是承認了，不是您把齊隆寶的視頻資料給我，我怎麼會被董某某給盯上了呢？做人要善始善終，您可不能就這樣把我扔下不管。」

安部長推托說：「你可別賴上我啊，當初我那麼做可是對大家都有利的。」

傅華無奈地說：「安部長，關鍵是我現在不賴上您不行啊，楊志欣和胡瑜非對我借助外媒曝光的手法對付齊隆寶都很不高興，現在都趕著要跟我劃清界限，我除了賴上您之外，再也賴不上別人了，你總不能對我見死不救吧？」

安部長勉為其難地說：「你這傢伙可真夠無賴的，證據嘛，我是可以弄得到，問題是這件事涉及私人層面，我總覺得用揭人隱私的方式打擊對手有點不太道德。」

傅華不認同地說：「安部長，我覺得是不是私人層面，要看問題的角度，從私生子這個角度來看，這件事確實很私人，但是從杜靜濤財富的來源角度來看，就不是私人層面的事了。」

安部長看了傅華一眼，說：「你懷疑杜靜濤的財富來源？」

傅華說：「當然啦，這個杜靜濤和源起有限責任公司都是名不見經傳，也沒聽說過他們經營什麼特別賺錢的項目，那他收購睢才熹股份的幾億資金究竟是怎麼來的，就很耐人尋味了。這其中杜靜濤有沒有利用董某某的影響力而不當的獲取非法利益呢？」

安部長聽了，說：「雖然我並沒有關注過源起有限責任公司究竟是怎麼發達起來的，但可以想見這家公司能夠在這麼短的時間內竄起，董某某肯定是幫杜靜濤做過一些事的。」

傅華說：「那不就得了嗎？現今高層正是高舉反腐倡廉的旗幟，我想相關部門有義務查清楚杜靜濤的財富來源，董某某如果自身不正，又怎麼能夠去正人呢？」

安部長考慮了一下說：「你這麼說倒也說得通，好吧，回頭我會給你一份相關的資料，不過事先聲明啊……」

「我知道，您不用說了，這份資料是我自己調查得到的，與您沒有任何的關係。」傅華笑說。

安部長點點頭，說：「你明白就好。」

又聊了一會兒，安部長就離開了。

傅華打電話給羅茜男，說：「羅茜男，我已經查到杜靜濤的來歷了。」

羅茜男聽完，嘆了口氣說：「這傢伙來頭這麼大啊，看來我們的麻煩又要來了。」

經過剛才跟安部長的一番討論，傅華現在對董某某已經不再那麼恐懼了，相反，因為有了解決的方案，反而鎮定不少。就說：「羅茜男，你不要這麼緊張，該來的總會來的，他們既然非要跟我們做對，那好，我們應戰就是了。」

「是啊，我們不應戰也不行了。唉，真是的，這種事到什麼時候才是個頭啊？」羅茜男心煩地說。

傅華安慰說：「你也別太心煩了，既然麻煩找上門來，我們就齊心奮戰就是了，總有解決辦法的。」

第二天，安部長就將杜靜濤是董某某私生子的證據快遞寄給傅華，是一份杜靜濤的出生證明，上面父親一欄裏寫著董源起。這是一份影本，不過上面有醫院證明與原件相符的公章。

拿到這份出生證明後，傅華就打電話給英華時報的記者張輝，想要張輝幫他調查一下相關的情報，因為光有杜靜濤的出生證明說明不了什麼，他必須將源起有限責任公司的經營狀況與董某某聯繫起來才行。

張輝接了電話，說：「傅華，找我有事啊？」

傅華說：「我們見個面吧，有件你可能感興趣的事交給你做。」

張輝聽了，立即說：「那行，我去你辦公室找你吧。」

半個多小時後，張輝出現在傅華的辦公室。

傅華就把杜靜濤的出生證明遞給他，然後說：「你先好好看看這個，我要考一下你這個大記者，看看你的新聞敏感度到底強不強。」

張輝認真的看了後，看著傅華說：「這個東西你是從哪裡弄來的？」

傅華賣著關子說：「來源絕對可靠，保證是真的。你找到其中值得關注的點了沒？」

張輝說：「真要考我啊，焦點當然是在這個董源起身上了，據我所知，高層中有人曾經使用過這個名字。」

傅華佩服地說：「行啊，大記者，居然知道這件事。」

張輝笑罵說：「你以為我這麼多年的記者白幹啦，我跟你說，我對這些高層的事閉著眼睛都能背下來的。誒，你不會是想告訴我，這個董源起就是我說的那位吧？」

傅華點點頭說：「對，就是他。現在我把這個線索提供給你，你先說你有沒有膽量查下去？」

張輝苦笑說：「老弟，你這是想害我啊，居然想讓我去查金字塔尖裏的人啊？」

傅華正色說：「你先不要講我害不害你，你就告訴我你到底要不要查，如果你說不要，那就把這張出生證明還給我，當我沒跟你說過這件事就好了。」

張輝卻沒有就將出生證明還給傅華，反而問道：「你還沒告訴我，你想要我調查什麼事呢。」

傅華知道他已經成功的把張輝的好奇心給勾了起來，就說：「是這樣的，這個杜靜濤現在成立了一家叫做『源起有限責任公司』的公司，想要花幾億收購我朋友公司的股份，我想讓你幫我查一下這家公司的底細。」

「幾億的資產啊，」張輝咋舌說：「看出生證明，這個杜靜濤的年紀並不大，他從什麼地方搞來這麼多錢啊？」

傅華說：「這就是我想要你查明的情況了，不過大記者，我可事先告訴你啊，這是一件政治風險很高的事，你到底要不要查先想清楚，別到最後被人打擊報復了再跑來怨我。」

張輝白了眼傅華說：「傅華，你這麼做可是有點缺德啊，你把一道美味的大餐放在老饕面前，卻又來問他要不要吃，這不是折磨人是什麼啊？」

傅華笑說：「別那麼多廢話啦，你到底要不要查這件事？」

「查是當然要查的，」張輝說：「不過查了之後，我可不敢保證我們報社敢登這篇報導。」

傅華說：「沒關係，你就先查再說吧，如果到時候你們報社敢報導更好；不敢報導的話，就由我來處理這篇稿子好了。」

第十章

逍遙法外

傅華把文章和證據鎖進辦公室的保險櫃裏，
張輝憤慨地說：
「傅華，你一定要想辦法把這篇報導給發表出來，
不能再讓這種蠹蟲逍遙法外了。」
傅華點點頭說：「我會盡力的，不會讓你的心血白費的。」

東海省委，省委書記辦公室。

馮玉清看著乾宇市的市委書記華靜天，說：「靜天同志，你這麼緊急的約見我，究竟有什麼事啊？」

華靜天說：「馮書記，是這樣子的，我們乾宇市警方在查辦一起涉嫌偽造身分的案件中，發現海川市市長姚巍山涉嫌重大的受賄事件，我不知道該怎麼處理好，所以專程跑來請示您了。」

馮玉清愣了一下，從那次跟趙老見面後，她就知道姚巍山要出事了，但是她怎麼也想不到事情會是從乾宇市這邊發作出來的。

馮玉清很清楚這件事裏面一定有孫守義起的作用，孫守義這個局佈置得真是太巧妙了，居然能夠不著痕跡的讓華靜天來做這個掘墓人，這份心機實在太深沉了。

馮玉清看了華靜天一眼，說：「靜天同志，你先坐下來，詳細的跟我說說是什麼情況。」

華靜天就把李衛高偽造身分，以及怎麼引薦陸伊川向姚巍山行賄的種種不法情事一一抖了出來。

馮玉清聽完，臉色變得十分的難看，她知道姚巍山有問題，但是沒想到問題這麼嚴重，當即打電話把省紀委書記許開田叫了過來，然後把李衛高的筆錄遞給許開田看，說：「老許啊，這個姚巍山實在是太不像話了，必須要儘快查處才行。」

許開田仔細地看了筆錄，然後說：「馮書記，姚巍山的行為確實十分惡劣，我看已經可以對他採取雙規措施了。」

馮玉清說：「那好，我們省委常委碰一下頭，把這件事情研究一下，然後就對他採取措施吧。」

馮玉清就把省委常委們召集起來，開了個臨時的常委會，在常委會上，她把姚巍山的犯罪情況作了通報，常委們一致同意馬上雙規姚巍山，許開田就親自帶隊去海川市，對姚巍山採取雙規措施去了。

常委會結束後，馮玉清回到自己的辦公室。

雖然她事先已經跟趙老達成默契，放棄了姚巍山，但是她對孫守義處理姚巍山的方式感到很不舒服。整件事情中，除了那個倒楣透頂的姚巍山外，她是最感到尷尬的人，因為不管怎麼說，她也是姚巍山出任海川市市長的舉薦人。

在常委會上，馮玉清注意到省長范琦看到她親手埋葬一手提拔起來的姚巍山，眼神當中有些幸災樂禍，這雖然不足以顛覆她在東海省的領導地位，卻也很大地損害了她這個省委書記的威信。而孫守義的利益在這件事中卻沒受到絲毫的損失，事情是乾宇市在偵查案件中偶然發現的，是姚巍山自己倒楣，孫守義無需為此負上揭發同僚的責任。

這也是馮玉清對孫守義特別有意見的地方，她相信孫守義對姚巍山這些犯罪行為肯定早就有所察覺，但他不但沒有制止，反而隱忍不發，直到他認為有需要了，才把這件事借別人的手給鬧出來。

在讚嘆孫守義政治手腕高明的同時，馮玉清心中對孫守義卻有了很大的警惕，她擔心這個精明的下屬會不會有一天也用同樣的手法來對付她，對這樣的人她必須要有所防範。

海川市政府，小會議室裏。

姚巍山正在主持海川市幾大銀行對伊川集團貸款的協調會。孫守義拒絕了他儘快結束對林雪平一案的要求後，姚巍山就無法說服陸伊川回到海川，也就無法讓冷鍍工廠復工。

無奈下，姚巍山只好轉而做銀行的工作，想要讓銀行繼續發放貸款給伊川集團。

他覺得只要銀行能夠重新放貸款給伊川集團，他就能說服陸伊川在不返回海川的前提下先行復工。

會上，姚巍山先強調了冷鍍工廠對海川市招商引資的重要性，然後就對幾大銀行沒有事先跟海川市政府通氣就中止貸款的發放表達了不滿。說到這裏，姚巍山的右眼沒有預兆的突然開始不由自主地跳了起來。

俗話說「左眼跳財，右眼跳災」，姚巍山的心裏有些發慌，心裡想：這是怎麼回事啊，右眼為什麼沒理由的狂跳，難道有什麼災禍要降臨在他的頭上嗎？

此時姚巍山尚且不知道李衛高被抓的事，這幾天他一直忙著跟銀行協調貸款的事情。這期間他打手機給李衛高過，但是李衛高手機卻是關機狀態，他雖然有些意外，卻沒有往深處想。

為了掩飾右眼狂跳給他帶來的慌亂，姚巍山匆忙地拿起桌上的水杯喝了口水，想要借此平靜緩和一下心情，但是不喝還好，一喝就猛地被嗆到了，搞得他鼻涕眼淚都被嗆了出來，面前的筆記本也都被他嗆出來的水給噴濕了。

就在姚巍山狼狽不堪的時候，小會議室的門被推開了，孫守義陪同省紀委書記許開田走了進來。

北京，海川市駐京辦。

傅華正在跟羅雨談工作的事，桌上的電話響了起來，他趕忙接通說：「曲副市長，有什麼指示嗎？」

曲志霞說：「傅華，有件事跟你說一下，市裏出了點事，姚市長剛剛被省紀委的同志給帶走了。」

傅華對此並不意外，馮玉清早就告訴他孫守義要對姚巍山動手了，就說：「怎麼會這樣，為了什麼啊？」

曲志霞說：「具體的原因還不明確，據說是被那個李衛高咬出來的，李衛高原來是個詐騙犯，前幾天在乾宇市被抓，為了立功，就把姚巍山受賄的事情給交代了出來。」

傅華聽了說：「原來是這樣啊。」

曲志霞接著說：「傅華，姚巍山被抓，連帶著他主抓的那個伊川集團冷鍍工廠項目可能就要停建了，現在問題是市財政還為這個項目擔著保呢，孫書記要我趕緊想個辦法為市裏解套，我想了半天，也沒想出個好主意來，就想問問你，看你有沒有什麼高招？」

傅華雖然知道這個項目，但是對具體情況並不瞭解，此刻聽曲志霞說這個項目要停建，有些摸不清狀況。

傅華一頭霧水地問道：「曲副市長，詳情是怎麼回事啊，怎麼姚市長被雙規，這個項目就要停建了呢？」

曲志霞解釋說：「項目停建是兩方面原因，一是項目本身的市場前景不妙，就算是正式投產，恐怕也無法盈利；二是姚巍山被抓與這個項目有很大的關係，行賄他的，正是伊川集團的董事長陸伊川，目的是為了通過姚巍山取得銀行貸款。本來幾大銀行之前就停止了放款，現在又出了姚巍山這件事，恐怕更不會放貸給這家公司了。這兩個因素結合在一起，這個項目看來是無法再啟動了。」

傅華想了一下，說：「如果是這樣，不妨考慮讓這個項目破產還債。」

曲志霞苦笑說：「破產絕對不行，這個項目本身資產不值多少錢，如果宣告破產的話，市財政要承擔起大部分的責任，那市裏的損失就大了，十幾億啊。」

傅華說：「那您的意思是？」

曲志霞說：「我的想法是，趕緊找一家公司來接盤這個項目，用接盤的資金來償還銀行的貸款，這樣市裏就可以解套了。」

傅華失笑說：「曲副市長，您也說了，這個項目本身不值多少錢，誰會願意接盤這樣的項目啊？」

曲志霞心裡仍抱著一絲希望地說：「話也不能完全這麼說，伊川集團一期工程的投入費用實際上不少，除了需要銀行的貸款外，他也投入了十幾億的資金，所以如果是同樣從事冷鍍行業的公司接手的話，還是有利可圖的。」

「您的意思是想讓我們去尋找這樣的公司？」

曲志霞說：「對，而且還要趕緊找到才行。可想而知，姚巍山出事後，幾大銀行肯定會聞風而動，不久就會找到市裏面要債的，我們必須趕緊解決這個問題才行。」

傅華為難地說：「我會動員駐京辦的資源尋找有意願的公司，不過這種事是可遇不可求的，我可不敢保證短時間內就會有結果。」

曲志霞聽了說：「這我知道，市裏也在全面動員各招商機構尋找接手的公司，大家一起努力，總會找到辦法的。」

曲志霞又嘆了口氣，邊抱怨說：「這全都是姚巍山這傢伙害的，我當初那麼地阻止他，不想讓市財政給伊川集團擔保，他倒好，為了一點好處費，居然繞過我直接讓市財政給他們擔保，搞得現在我們還要為他的錯誤買單。」

傅華只好勸慰說：「曲副市長，您也別太有壓力了，事已至此，我們慢慢想辦法解決吧。」

曲志霞無奈地說：「是啊，也只好這樣了。誒，傅華，你那邊說話方便嗎？我有些話要單獨跟你講。」

「那您等一下，」傅華看了眼坐在對面的羅雨，說：「小羅，你先出去吧，工作的事回頭再談好了。」

羅雨離開傅華的辦公室後，傅華說：「現在您可以說了。」

曲志霞說：「傅華，你說省裏下一步會怎麼安排海川市的班子啊？」

聽曲志霞問起這個，傅華才明白前面曲志霞所說的要找接手公司的事，只不過是個開頭而已，她真正關心的其實是海川市市長的寶座。

傅華心說：我也希望你能夠再上一步，也向馮玉清推薦你了，可惜的是馮玉清並沒有接受我的推薦啊。不過這一點卻不能對曲志霞明說，傅華只好敷衍地說道：「曲副市長，您這可是有點問道於盲了，省裏的安排我怎麼會知道啊？」

曲志霞笑說：「我也就是想問問你的想法而已，孫書記跟我聊過這件事，我看他的意思是想讓我接姚巍山這個位子，誒，據你看，我有這個機會能夠上這一步嗎？」

傅華想：孫守義跟曲志霞這麼說，擺明了是想要推薦曲志霞去接這個市長位子，但是馮玉清對曲志霞最不滿的地方，正是她跟孫守義走得太近了。孫守義推薦曲志霞，恐怕反而讓馮玉清更加堅定不用曲志霞做海川市長的想法。

不過馮玉清也說了，也許考慮將曲志霞調到別的市裏去任職市長，傅華便不好說她沒這個機會，就笑說：「曲副市長，您當然有機會了，以您各方面條件來說，都能夠勝任這個市長職務的。」

曲志霞高興地說：「誒，傅華，你這不是拍我的馬屁吧？」

傅華笑笑說：「當然不是了，您的能力確實能夠勝任的。」

曲志霞忍不住說：「不過我心裏總是沒底，誒，傅華，你能不能幫我一個忙，跟楊志欣副總理說一下這件事，讓他跟省裏推薦我啊？」

傅華暗自搖頭，且不說他跟楊志欣現在已經不能直接說上話了，就算他可以跟楊志欣說上話，馮玉清已經在他面前明確表態不會讓曲志霞接任海川市的市長，他再讓楊志欣去跟馮玉清推薦曲志霞，那不是自找沒趣又是什麼啊？

傅華只好委婉地說：「曲副市長，恐怕我要跟您說聲抱歉了，我跟楊副總理之間的關係還沒有到我可以隨意讓他做什麼的程度，這個忙我恐怕幫不上您。」

曲志霞倒也沒有強人所難，說：「別這樣說，是我不好，這個要求有點過分了。好了，我們就聊到這裏吧。」

傅華說：「好的，希望您能夠心想事成。」

曲志霞笑說：「但願吧。」

傅華剛放下電話，電話再次響了起來，這次顯示的號碼是胡俊森的，傅華不由得苦笑了一下，胡俊森在這時候打電話來，其目的恐怕跟曲志霞一樣，也是看上了海川市市長的位子了。

傅華拿起電話，說：「胡副市長，您有什麼指示嗎？」

胡俊森說：「指示什麼啊，就是跟你說，姚巍山被雙規了。」

傅華說：「這我聽說了，剛才曲副市長打電話來說了這件事。」

「曲副市長跟你講了？」胡俊森愣了一下，「她是怎麼跟你講的？」

傅華笑說：「還能怎麼講啊，當然是告訴我這件事了。」

胡俊森試探地說：「她沒說些別的，比方說要爭取成為市長什麼的？」

傅華心說她倒是說了，不過我不會跟你承認的。便說：「沒有啊，她跟我說那些幹什麼啊？」

「沒有啊？」胡俊森聽了，放下心來，說：「既然她沒說，我說好了，傅華，你覺得我有沒有機會做這個海川市的市長啊？」

傅華心說：胡俊森倒挺直接的，不過，有能力可不代表你就能坐上這個市長寶座。

傅華就說：「胡副市長，這個您不該問我吧？您應該去問省委馮書記才對啊。」

「誒，傅華，你別這樣啊，」胡俊森說：「我現在不是以副市長的身分問你，而是以一個朋友的身分問你的，你坦誠一點告訴我，我能不能做這個市長啊。」

傅華反問道：「胡副市長，你真的要我坦白說嗎？」

胡俊森很有自信地說：「當然了。」

傅華笑笑說：「那我坦誠的告訴你，您想要做這個海川市的市長，目前還不夠資格。」

胡俊森愣了一下，沒想到傅華會這麼不給他面子，有些難堪地說：「不是吧，傅華，我哪點不夠資格了？學歷、能力還是績效啊？」

傅華問道：「您又有哪點是夠資格的呢？學歷、能力還是績效？」

「誒，你……」胡俊森語塞了。

雖然胡俊森自覺自己各方面勝任海川市市長綽綽有餘，但是並沒有一個明確的指標說什麼學歷、什麼能力或什麼績效達到了，就可以順理成章的當上市長了。

傅華安慰說：「好了，別你你的了，我的胡副市長，飯要一口一口的吃才行，可不要想著一口就能吃個胖子出來的。」

胡俊森失望地說：「你這麼說，就是不想幫我爭取這個位置了？」

傅華苦笑說：「胡副市長，您把我當什麼人啊，我憑什麼幫您爭取這個市長啊？很多事不是您想的那樣的。」

胡俊森說：「我還以為你可以幫我跟楊副總理說一下這件事的。」

傅華嘆說：「我跟他的交情可沒到那個程度。胡副市長，作為朋友，我想奉勸您一句，別去想這些邪門歪道的事了，好好的做好自己的工作才是本分。」

胡俊森有些不好意思，辯解說：「傅華，我要做市長可不是為了爭權奪利，是覺得我可以把海川建設得更好的。」

傅華反駁說：「胡副市長，您這不是爭權奪利又是什麼啊？怎麼光讓我坦誠，您就不需要坦誠了嗎？」

胡俊森失笑說：「好，我承認我這也是在追逐權力。傅華，你真的覺得我一點機會都沒有嗎？」

「我不是說您沒這個機會，而是說這是省委才能安排的，您就別去瞎攪合了。馮書記可是個眼裏不揉沙子的人，你可別偷雞不成反蝕把米。」傅華誠心地建議說。

胡俊森不說話了，他領教過馮玉清的厲害，曉得這是傅華的肺腑之言，便笑了一下，說：「好，傅華，就當我什麼都沒說好了。」

晚上，羅茜男家中。

傅華和羅茜男一起吃晚餐，羅茜男說：「傅華，今天睢才燾把杜靜濤領去公司了，他們兩方已經正式簽訂股份轉讓協議了。」

傅華說：「哦，那個杜靜濤長得什麼樣子啊？」

羅茜男說：「中等個子，戴副眼鏡，文質彬彬的，看上去跟他父親不是很像。」

憑心而言，董某某的樣子並不是很好看，傅華就說：「幸虧不像，他去公司還說了什麼嗎？」

羅茜男說：「沒說什麼特別的，就是說會跟我們攜手合作，搞好豪天集團。」

傅華搖搖頭說：「他如果真能這麼想就好了。」

羅茜男擔心地說：「傅華，你真有把握能夠對付得了他嗎？」

傅華說：「我不敢說有十分的把握，不過，我相信我們不會像當初跟齊隆寶鬥的時候那麼被動了。」

羅茜男恨恨地說：「我也不會讓那時候的事再重演了，杜靜濤這小子如果真的敢使壞，我就先滅了他，管他父親是誰。」

傅華心想：等你看出他使壞的時候，恐怕為時已晚啦。

不過，他不想羅茜男為此成天提心吊膽的，因此沒有把心中真實的想法告訴羅茜男，便笑笑說：「放心吧，我不會給他們使壞的機會的。」

第二天上午，張輝來到傅華的辦公室。

傅華看到他，立即問道：「張大記者，杜靜濤的事現在查得如何啦？」

張輝興奮地說：「你這次提供給我的消息真是一條大魚，經過我初步的調查，發現這家源起有限公司拿項目的能力真是太厲害了，簡直到了一個令人匪夷所思的地步，他們居然能夠從某一大型國企當中拿到大項目，然後再轉包給該大型國企的分公司去做。」

「什麼？」傅華驚訝的說：「居然會有這樣的事？這不是擺明了給這家公司送錢嗎？」

「對啊，」張輝佩服地說：「人家就是這麼明目張膽的。」

傅華搖搖頭，不敢置信地說：「這個董某某吃相也太難看了吧？這件事如果揭發出來，那可是一件大醜聞啊。」

張輝苦笑說：「他敢這麼明目張膽，就是根本不怕你揭發，因為就算你揭發了，國內的媒體也沒有人敢報導的。」

傅華聽張輝這麼說，不禁問道：「大記者，你不會是想告訴我，你們報社根本不敢把這件事登出來吧？」

張輝點了一下頭，然後攤開手無奈地說：「是啊，我就是這個意思，我把這篇報導拿給我們社長看，結果被他罵了個狗血淋頭，他說我這分明是想害死他，如果我真的發了這篇報導，不用到晚上，他馬上就會被撤掉社長職務的。」

傅華對此絲毫不感意外，說：「你們社長說的倒也不假，董某某確實是有這個能力。算了，你們報社發不了就發不了吧，你把報導和相關的證據給我好了，我來想辦法。」

張輝就把他寫的報導和相關證據交給傅華，傅華翻看了一下，不得不說張輝這個名記者果真名符其實，整篇報導論證嚴謹，證據充分有力，是一份很有力度的揭弊文章。

傅華把文章和證據鎖進辦公室的保險櫃裏。

張輝憤慨地說：「傅華，你一定要想辦法把這篇報導給發表出來，不能再讓這種蠹蟲逍遙法外了。」

傅華點點頭說：「我會盡力的，不會讓你的心血白費的。」

張輝交代完後，就離開了，傅華繼續忙他的工作，聯繫幾個商界的朋友，詢問他們對冷鍍工廠項目有沒有興趣接手，遺憾的是，這幾個朋友對此的興趣都不大。

忙到傍晚快下班時，冷子喬打電話來，說：「誒，傅華，你知道嗎，小瑾剛才打電話給我，說他這段時間表現得很乖，問我可不可以週末帶他出去玩呢。」

傅華說：「奇怪，他是怎麼知道你的電話號碼的？」

冷子喬笑笑說：「這有什麼好奇怪的，前天我想他了，就打電話去鄭老家跟他聊了一下天。誒，我跟你說，這個週六你不准安排別的事啊，因為我答應小瑾要跟你一起帶他出去玩的。」

傅華想星期六他沒什麼事，就笑笑說：「好吧，既然你大小姐下令了，我聽從就是了。」

冷子喬高興地說：「那就一言為定啦。」就掛了電話。

傅華收拾好東西，然後離開辦公室，開車回到笙篁雅舍的家。

下車後，正準備往裏面走，這時，身後突然有人喊道：「傅華同志，請等一等。」

傅華回過頭，警覺地看著喊住他的兩個男人，自從發生齊隆寶綁架他的事後，他對這些突然冒出來的人都有著高度的警惕性。

兩人看出他的緊張，為主的那個笑了一下說：「傅華同志，您別緊張，我們是監察部五室的工作人員，這是我們的證件。」

兩人出示了證件，傅華看到為主的那個叫做孟慶三，另一個叫做木力強，看證件倒不像是假的，便說：「兩位找我有什麼事嗎？」

孟慶三連忙說：「是這樣的，我們檢查室是負責查處豐湖省、平江省等省級部門的貪腐行為，有人秘密向我們舉報，你擁有的熙海投資公司在購買天豐源廣場和豐源中心這兩個項目中有違法行為，現在請你跟我們回去接受調查。」

傅華愣了一下，沒想到對手竟然會在這時候突然對他採取行動，不過他可是問心無愧，這可是他溢價買下來的，並沒有占到天豐置業什麼便宜，所以十分坦蕩。

傅華鎮定地說：「兩位，我願意接受你們的調查，不過，我是不是可以先通知一下我的家人。」

傅華說著拿出電話，想要打電話跟羅茜男說一聲，沒想到那個木力強一個箭步竄上來，一把將他的手機搶了過去，蠻橫地說：「不行，在你接受審查期間，不許對外聯絡。」

傅華反抗說：「可是我總得跟家人說一聲我去了哪裡吧？」

孟慶三笑笑說：「這個你不用擔心，我們會通知你的家人的，現在請你跟我們走一趟吧。」

請續看《權錢對決》16 官場現形【最終回】

權錢對決 十五 生死之間

作者： 姜遠方
發行人：陳曉林
出版所：風雲時代出版股份有限公司
地址：10576台北市民生東路五段178號7樓之3
電話：(02) 2756-0949
傳真：(02) 2765-3799
執行主編：朱墨菲
美術設計：許惠芳
行銷企劃：邱琮傑、張慧卿、林安莉
業務總監：張瑋鳳

初版日期：2017年7月
初版二刷：2017年7月20日
版權授權：蔡雷平
ISBN ：978-986-352-419-9

風雲書網：http://www.eastbooks.com.tw
官方部落格：http://eastbooks.pixnet.net/blog
Facebook：http://www.facebook.com/h7560949
E-mail：h7560949@ms15.hinet.net
劃撥帳號：12043291
戶名：風雲時代出版股份有限公司

風雲發行所：33373桃園市龜山區公西村2鄰復興街304巷96號
電話：(03) 318-1378
傳真：(03) 318-1378
法律顧問：永然法律事務所 李永然律師
北辰著作權事務所 蕭雄淋律師

行政院新聞局局版台業字第3595號 營利事業統一編號22759935

國家圖書館出版品預行編目資料

權錢對決 ／ 姜遠方 著. -- 初版. -- 臺北市：
風雲時代，2016.11- 冊；公分

ISBN 978-986-352-419-9（第15冊；平裝）

857.7　　105019530